Alexander Rieckhoff, Stefan Ummenhofer
Stille Nacht

W0058642

PIPER

Zu diesem Buch

Die Schwarzwaldbahn kämpft sich durch das dichte Schneetreiben zwischen Triberg und St. Georgen. Unter den Fahrgästen sind auch Oberstudienrat Hubertus Hummel, Ermittler wider Willen, und sein Freund, der Journalist Klaus Riesle. Auf einmal wird die Zugfahrt jäh gestoppt: Und ausgerechnet Riesle findet den Vorstandsvorsitzenden der Schwenninger Bären-Brauerei ermordet auf. Hat die Tat etwas mit der drohenden Übernahme der Brauerei zu tun? Beim Weltcup-Skispringen in Neustadt hoffen die Freizeitdetektive auf die Lösung des Falles und den Erfolg der Schwarzwald-Adler. Es gibt viel zu ermitteln für den neugierigen Lehrer, der eigentlich bis zur »Stillen Nacht« sein zerbrochenes privates Glück mit Ehefrau Elke wiederherstellen will. Doch dann geschieht ein zweiter Mord – und auch Hummel ist in Gefahr …

Alexander Rieckhoff, geboren 1969 und aufgewachsen in Villingen, studierte Geschichte und Politikwissenschaft in Konstanz und Rom und ist zurzeit als Fernsehredakteur beim ZDF in Mainz beschäftigt. Er lebt mit seiner Familie in der Nähe von Mainz.
Stefan Ummenhofer, geboren 1969 und aufgewachsen in Villingen und Schwenningen, studierte Politikwissenschaft und Geschichte in Freiburg, Wien und Bonn. Er ist als Journalist für Zeitungen sowie die dpa tätig und lebt mit seiner Familie bei Freiburg.
Gemeinsam haben die Autoren viele erfolgreiche Schwarzwald-Krimis geschrieben, zuletzt »Höhenschwindel«.

Alexander Rieckhoff
Stefan Ummenhofer

STILLE NACHT

Ein Fall für Hubertus Hummel

Piper München Zürich

Mehr über unsere Autoren und Bücher:
www.piper.de

Von Alexander Rieckhoff und Stefan Ummenhofer liegen bei Piper vor:
Honigsüßer Tod
Giftpilz
Strafzeit
Höhenschwindel
Stille Nacht

Vollständig überarbeitete und erweiterte Taschenbuchausgabe
Piper Verlag GmbH, München
Oktober 2012
© 2003 Romäus Verlag Villingen-Schwenningen
Stefan Ummenhofer & Alexander Rieckhoff GbR
Umschlaggestaltung: semper smile, München
Umschlagmotiv: A. Dagli Orti
Satz: Kösel, Krugzell
Gesetzt aus der Sabon
Papier: Munken Print von Arctic Paper Munkedals AB, Schweden
Druck und Bindung: CPI – Clausen & Bosse, Leck
Printed in Germany   ISBN 978-3-492-27485-2

INHALT

1. EISHOCKEYBLUES

Dampfschwaden lagen über Bahnsteig 2 des Mannheimer Hauptbahnhofs. Sie stammten von den Fahrgästen, die steif gefroren auf den Intercityexpress in Richtung Basel warteten. Hubertus Hummel zog sich seine Pudelmütze tief ins Gesicht. Er war Mitte vierzig und von Beruf Lehrer. Momentan musste er froh sein, dass ihn keiner seiner Schüler zu Gesicht bekam. Um den Hals trug er seinen blau-weißen Schal, der noch immer nach Glühwein roch. Immer wieder stampfte er mit den Füßen auf, doch seine blutleeren Zehen wollten einfach nicht warm werden.

Aber nicht nur deshalb war er schlecht gelaunt.

»Das war's dann. So ein verdammter Mist, Klaus«, murmelte er seinem Begleiter zu.

Klaus Riesle, der Lokaljournalist vom Schwarzwälder Kurier, sah auch nicht gerade glücklich aus. Dabei war der drahtige Mann mit den kurzen dunklen Haaren ansonsten stets hellwach und begierig, irgendwelche Neuigkeiten aufzuschnappen. Die beiden Freunde hatten über die Jahre mindestens dreihundert Eishockeyspiele ihres Lieblingsklubs Schwenninger ERC mitverfolgt. Doch eine Stunde zuvor hatten Hubertus, Klaus und weitere zwölftausend Zuschauer das letzte Saisonspiel der »Wild Wings«, wie die Schwenninger Mannschaft neuerdings genannt wurde, mitverfolgt – und zwar ausgerechnet beim Erzrivalen »Mannheimer Adler«. Drei zu fünf hatten sie an diesem Freitagabend nach einem harten Kampf das siebte und letzte Play-off-Viertelfinale verloren. Und dabei waren sie so knapp an einer Sensation dran gewesen!

»Das Leben ist nicht fair«, seufzte Riesle und beobachtete ein paar laut johlende Mannheimer Eishockeyfans, die siegestrunken in einen der auf Gleis 5 wartenden Vorortzüge stolperten. Hummel warf einen Blick auf die Anzeige.

»Verdammt. Zehn Minuten Verspätung«, fluchte er. »So kriegen wir den Anschluss in Offenburg nie.« Er holte die Hände aus den Taschen und hauchte mehrmals kräftig in die Fäuste: »Wir hätten eben doch mit einem der Fanbusse fahren sollen.«

»Oder mit dem Kadett«, ergänzte Klaus Riesle. Auf seinen alten Opel ließ er nichts kommen. Nur mit Mühe hatte Hubertus ihn davon überzeugen können, angesichts der großen Schneemenge den Zug zu nehmen.

Hubertus winkte ab: »Was soll's, lässt sich jetzt eh nicht ändern. So treffen wir wenigstens Edelbert.«

Edelbert Burgbacher war ein guter Freund der beiden. Er hatte mit Eishockey allerdings so wenig am Hut wie Klaus mit der Schauspielerei. Letztere war die Leidenschaft von Burgbacher, der das kleine Zähringer-Theater in Villingen leitete. Im Eishockeystadion war er nur einmal in seinem Leben gewesen: damals, als Hubertus und Klaus den Mord an einem Lehrerkollegen von Hummel aufgeklärt hatten. Damals waren die »Wild Wings« nach einer langen Durststrecke wieder in die oberste Spielklasse aufgestiegen.

Edelbert war am heutigen Tag zu Gast in der Frankfurter Oper gewesen. Auf dem Programm hatte Wagner gestanden, »Der fliegende Holländer«. Ein wenig zu wuchtig für Edelbert, der eigentlich italienische Opern vorzog, doch bei Freikarten durfte man sich nicht beschweren.

Die Freunde hatten sich für die Rückfahrt verabredet. Edelbert wollte den ICE um achtzehn Uhr fünfzig ab Frankfurt Hauptbahnhof nehmen und Hubertus und Klaus um neunzehn Uhr fünfunddreißig in Mannheim aufgabeln.

Doch nun zeigte die Uhr über dem Gleis bereits neunzehn Uhr zweiundvierzig an – und vom Zug war weit und breit nichts zu sehen.

Plötzlich knarzte die Stimme der Zugansagerin in breitem Mannheimerisch durch den Lautsprecher: »Auf Gleis 2 fährd jetzt ein der verspädede Intercityexpress nach Basel.«

Hubertus und Klaus stiegen ein und durchforsteten die Abteile auf der Suche nach ihrem Freund. Erst kurz vor Karlsruhe fanden sie ihn – im Speisewagen, bei einer teuren Flasche Rotwein, völlig vertieft ins Gespräch mit einem eleganten Mann um die fünfzig, der dunkles, grau meliertes Haar hatte und eine stilsichere randlose Brille trug.

»Das Ableben Sentas hätte man nun weiß Gott eindrücklicher inszenieren können«, dröhnte Burgbachers Bass durch den Wagen. Die Äderchen auf seiner Stirn und an den Schläfen pochten vor Empörung, auf seiner Glatze spiegelte sich das matte Zuglicht. Auch er hatte sich heute in Schale geworfen und trug einen dunklen Anzug. »Preis deinen Engel und sein Gebot!«, deklamierte er. »Hier steh' ich – treu dir bis zum Tod.«

»Ich verstehe auch nicht, warum man sie aus einem

Pappleuchtturm statt von einem Felsen hat springen lassen«, stimmte der Graumelierte zu.

Von Hubertus und Klaus nahmen die beiden Kunstsinnigen keine Notiz. »Großartig, Edelbert!«, meinte Klaus. »Wir rennen kreuz und quer durch den Zug – und du sitzt hier, beachtest uns nicht und schwafelst über Opern!«

»Die Frist ist um, und abermals verstrichen sind sieben Jahr'«, zitierte Edelbert textsicher, kehrte dann aber wieder in die Realität zurück. »Bitte entschuldigt, darf ich euch Dr. Peter F. Schlenker vorstellen, wenn ihr ihn nicht ohnehin schon kennt: Kunstliebhaber, Mäzen, Vorstandsvorsitzender und Miteigentümer der Schwenninger Bären-Brauerei. Das ist der Mann, dem ich die Freikarten für die Frankfurter Oper verdanke. Ich habe sie doch beim Brauereifest gewonnen.«

»Als du es geschafft hast, in einer Minute ein ganzes Fass Bären-Bier zu leeren?«, frotzelte Klaus.

Edelbert schaute ein wenig überheblich und sagte dann: »Von wegen. Hättest du etwa gewusst, dass es Giacomo Puccini ist, dem wir ›Tosca‹ verdanken? Das war nämlich die Preisfrage. Da hättet ihr Kulturbanausen im Gegensatz zu Dr. Schlenker und mir passen müssen.«

Hubertus war pikiert. Als Banause wollte er sich, gerade vor einem Fremden, nicht bezeichnen lassen. Auch wenn ihm Schlenker nicht ganz fremd war. Er kannte den Mann immerhin aus Zeitungsberichten im Schwarzwälder Kurier. Gerade in letzter Zeit waren einige Artikel über die ungesicherte Zukunft der Schwenninger Brauerei erschienen, an deren Spitze Schlenker stand.

Klaus hatte mit dem Unternehmer sogar schon direkt zu tun gehabt, als er einmal vertretungsweise eine Bilanzpressekonferenz der Bären-Brauerei besuchen musste und in seinem Artikel so ziemlich alle Zahlen durcheinandergebracht hatte, was eine Beschwerde Schlenkers beim Verleger zur Folge gehabt hatte. Ansonsten war ihm der Mäzen eher durch verschiedene von seiner Brauerei gesponserte Sportveranstaltungen bekannt.

Klaus wusste auch, dass Schlenker ein Faible für Opern hatte. Es war typisch für ihn, dass er selbst auf einem Brauereifest eine Preisfrage zu klassischer Musik stellte.

Schlenker nickte Hummel und Riesle kaum merklich zu, widmete sich dann aber sofort wieder seinem Gegenüber.

Klaus gab Hubertus ein Zeichen, wieder zurück in die zweite Klasse zu gehen. Opernfanatiker unter sich – da störten andere nur.

»Edelbert vergisst sicher, in Offenburg umzusteigen, wenn wir kein Auge auf ihn haben«, meinte Hummel und schaute auf seine Uhr. »Wenn wir überhaupt den Zug dort kriegen.«

Doch die Sorge war unbegründet. »Meine Damen und Herren, in wenigen Minuten werden wir in Offenburg einfahren. Trotz unserer Verspätung von etwa fünfzehn Minuten werden alle Anschlusszüge erreicht«, erklang es in badischem Singsang aus dem Lautsprecher. »Der Regionalexpress nach Konstanz über Haslach, Hausach, Triberg, St. Georgen, Villingen, Donaueschingen und Singen steht abfahrbereit auf Gleis 5.«

2. SCHWARZWALDBAHN –
20 UHR 50 AB OFFENBURG

Falls Hubertus und Klaus vermutet hatten, Edelbert könnte nun für ihren Eishockeykummer zugänglicher sein, sahen sie sich getäuscht. Schlenker stieg nämlich mit um und folgte den Freunden in das hinterste Abteil des altgedienten Waggons. Der Brauereichef nahm, nachdem er seinen Aktenkoffer im Gepäcknetz verstaut hatte, gegenüber von Edelbert an der Schiebetür Platz.

Vermutlich fuhr er normalerweise eher erster Klasse.

Der Zug setzte sich in Bewegung. Es war zehn vor neun. Burgbachers und Schlenkers Unterhaltung kreiste weiter um die Kulturlandschaft des Schwarzwalds, das Wirken Wagners und seiner Nachkommen sowie die vermeintliche Überlegenheit italienischer Opernkunst.

Hubertus, der sich einen Platz am Fenster gesichert hatte, runzelte die Stirn. Durch das Heizungsgitter stieg molligwarme Luft empor. Eigentlich hätte er gegenüber diesem Dr. Schlenker auch gerne mit seinem Bildungsbürgerwissen geprahlt, aber in puncto Klassik konnte er es wohl doch nicht ganz mit den beiden Diskutanten aufnehmen.

Er entschied sich für einen anderen Beitrag: »Edelbert, weißt du eigentlich, was Woody Allen über Wagner gesagt hat?«

Edelbert drehte sich zu Hubertus um, und auch Schlenker schaute ihn nun aufmerksam an.

»Jedes Mal, wenn ich Wagner höre, bekomme ich Lust, Polen zu überfallen!«, zitierte Hubertus.

Klaus klopfte sich auf die Schenkel und lachte schallend los. Schlenker runzelte die Stirn und wandte sich wieder Edelbert zu.

»Ein dummer Scherz«, meinte Edelbert. »Ein unglaublich dummer Scherz! Was kann denn Wagner für die Einvernahme durch Hitler? Bin ich als Wagnerliebhaber denn etwa auch ein Nazi? Ich?«

Er schien wirklich empört.

Schlenker fand die Bemerkung schlichtweg »degoutant«, wie er leise murmelte.

Die Fahrt mit der Schwarzwaldbahn war zu jeder Jahreszeit ein Erlebnis. Gerade zogen dicke Schneeflocken am Fenster vorbei. Gelegentlich blitzte und flackerte es gewaltig, wenn die Stromabnehmer der Lok an der vereisten Oberleitung entlangstreiften.

Am Abteilfenster flog die Silhouette der einstmals Freien Reichsstadt Gengenbach vorbei, die zwischen Wald und Reben am Eingang des Kinzigtals lag. Hubertus blickte den von Scheinwerfern angestrahlten Toren und Türmen gedankenverloren nach. Der Zug folgte dem Verlauf der Kinzig – allerdings in umgekehrter Richtung, den Schwarzwald hinauf. Hummels Blick streifte die vom Schnee leicht überzuckerten Weinberge, die im Mondschein nur schemenhaft zu erkennen waren.

Aber nicht nur des schönen Ausblicks wegen besserte sich nun seine Laune. Erstens hatte er etwas Dampf abgelassen. Zweitens bestand schließlich nicht die ganze Welt aus Eishockey. Drittens war bald Weihnachten, was für

Hubertus dieses Jahr in doppelter Hinsicht das Fest der Liebe werden sollte.

Nach einem massiven privaten Tiefschlag – seine Ehefrau Elke hatte ihn verlassen – sah er jetzt wieder Licht am Ende des Tunnels, um in der Eisenbahnsprache zu bleiben. Gerüchten zufolge verstand sich Elke nämlich nicht mehr so gut mit dem Villinger Staranwalt Dr. Guntram Bröse, in dessen Arme sie zunächst geflüchtet war.

Das hatte sich zumindest im badischen Ortsteil von Villingen-Schwenningen schon herumgesprochen. Und das Beste: Elke hatte einer Einladung von Hubertus zu einem Abendessen zugestimmt – »an neutralem Ort«, wie sie es formuliert hatte. Sie hatte ein Villinger Innenstadtrestaurant mit gehobener regionaler Küche vorgeschlagen.

Hubertus hoffte auf eine lohnende Investition.

Mit etwas Glück lag wirklich eine schöne Zeit vor ihm. Weihnachten in Villingen, das war etwas Besonderes, verbunden mit vielen Erinnerungen an Kindheit und Jugend, aber natürlich auch an Elke. Mit der würde es sich schon wieder einrenken, redete sich Hubertus ein.

Auch auf den morgigen Tag freute er sich: Gemeinsam mit seiner Tochter Martina wollte er zum Weltcup-Skispringen nach Titisee-Neustadt – fünfunddreißig Kilometer von Villingen-Schwenningen entfernt. Die Siebzehnjährige fieberte seit Wochen dem Ereignis entgegen. Nachdem sie als kleines Mädchen noch auf Martin Schmitt geschworen hatte, der aus dem Villinger Vorort Tannheim stammte, war sie nun der größte Severin-Freund-Fan.

Der Zug schob sich die Hänge empor. Ob Intercity, Regionalexpress oder Interregioexpress – das war der rauen Natur des Schwarzwalds einerlei. Auf der kurvigen und steilen Strecke kam keiner der Züge über ein Kriechen hinaus.

»Nächschter Halt: Hornberg«, dröhnte der Zugführer, der mit seiner eindringlichen Stimme gar keinen Lautsprecher benötigt hätte. Noch hinkte man dem Fahrplan hinterher. Was soll's, dachte Hubertus nun großzügig und blickte durch das Gangfenster auf der gegenüberliegenden Seite. Dort überragte der Schlossberg mit der beleuchteten Burg das Städtchen, das durch das Hornberger Schießen berühmt geworden war. Hubertus hätte die Geschichte, wie die Hornberger ihren Herzog mit »Piff-Paff«-Rufen begrüßten, nachdem sie ihr Pulver vorzeitig verschossen hatten, gerne zum Besten gegeben. Doch die beiden Opernfreunde fabulierten mittlerweile über große Tenöre.

Hubertus war genervt. Eigentlich musste er gar nicht auf die Toilette, aber er befand es für nötig, einfach mal einen Moment dieses Abteil zu verlassen. Er schob die Tür auf und trat auf den Gang. Der Waggon war fast leer. Nur wenige Meter weiter stand ein großer, kräftiger Mann mit spitzer Nase, der regungslos durch ein Gangfenster den verschneiten Schwarzwald betrachtete.

»Entschuldigung«, meinte Hubertus. »Darf ich mal vorbei?«

Der Mann presste seinen Bauch wortlos gegen die Scheibe, Hubertus zog den seinen ein. Schließlich gelang es ihm, an dem mindestens einen Meter neunzig großen Hünen vorbeizukommen.

Wenig später stand Hummel vor dem Waschbecken der Zugtoilette und überlegte. Einen Speisewagen gab es in der Schwarzwaldbahn nicht, in den man hätte ausweichen können. Irgendwann würden die Opernexperten ja hoffentlich alle Tenöre durchgekaut haben. Also kehrte er schließlich zurück ins Abteil, nachdem er sich abermals an dem großen Mann vorbeigezwängt hatte.

Er schaute auf seine Armbanduhr: Einundzwanzig Uhr siebenunddreißig. In wenigen Minuten würde der Zug in Triberg sein. Die Strecke der Schwarzwaldbahn kannte Hubertus wie seine Westentasche. Schließlich war sein Vater hier in den Nachkriegsjahren erst Heizer, dann Lokführer gewesen.

Als der Zug in Triberg eintraf, war von der Stadt, die sich über mehrere enge Täler erstreckte und vor allem wegen des höchsten Wasserfalls Deutschlands bekannt war, nicht viel zu sehen. Rechts ragten Felsen empor, die durch Gitter und einige in den Berg gerammte Sprossen vom Sturz auf die Gleise abgehalten wurden. Auf der anderen Seite war der verschneite Bahnhof zu erahnen.

Kein Mensch weit und breit, nur ein paar tiefe Fußstapfen auf dem Bahnsteig, die vom mühsamen Fortkommen einiger Reisender zeugten.

Ein schriller Pfiff unterbrach die Stille.

Mit einem kräftigen Ruck setzten sich die Waggons in Bewegung.

Peter F. Schlenker erhob sich und öffnete die Schiebetür des Abteils. Offenbar wollte er die Toilette aufsuchen.

Wieder fuhr der Zug in einen Tunnel ein. Schlenker war weg – endlich eine Gelegenheit für Hubertus, zu einem seiner legendären Vorträge anzusetzen. Er schwadronierte wild gestikulierend vom »technischen Meisterwerk« Schwarzwaldbahn und seinem Erbauer Robert Gerwig herum, erzählte von den neununddreißig Tunnels und den daran beteiligten italienischen Fremdarbeitern, die vor rund hundertvierzig Jahren für das Projekt geschuftet hatten.

Doch auf sein Auditorium hatte der Monolog eine eher einschläfernde Wirkung. Bald schnarchte Klaus mit offenem Mund vor sich hin. Und auch Opernfreund Burgbacher nickte ein.

Fast hätte sich Hubertus empört, hätte nicht langsam auch von ihm eine heftige Müdigkeit Besitz ergriffen. Das Rattern und Schütteln des Zuges tat ein Übriges: Hummel döste nach kurzer Zeit ein.

Der Regionalexpress schlängelte sich langsam weiter an den dicht bewaldeten Hängen entlang in Richtung Passhöhe bei Sommerau.

Erst ein kräftiger Ruck riss Hubertus aus dem Schlummer. Sein Nacken schmerzte von der gekrümmten Schlafstellung auf den unbequemen Polsterbänken. Draußen erblickte er das mit einer Schneehaube versehene Schild »St. Georgen/Schwarzw.«.

Nur noch neun Minuten bis Villingen.

»Faaahrscheinkontrolle!«, rief Hummel, um seine Mitreisenden zu wecken.

Riesle war sofort hellwach, um Hubertus kurz darauf genervt anzuschauen. Auch Burgbacher war sauer, wenn auch aus anderen Gründen: »Wagner und Hitler. Pah!«

Auf der rechten Hälfte seines Gesichts zeichnete sich der Abdruck des Polsterrands ab, an den er sich im Schlaf gelehnt hatte.

Von Peter F. Schlenker keine Spur.

»Ich gehe dann mal unseren Mäzen von der Toilette vertreiben«, sagte Klaus und verließ das Abteil.

»Vielleicht hat Schlenker keine Fahrkarte und versteckt sich dort gleich bis Donaueschingen?«, meinte Hubertus ironisch.

»Quatsch – er fährt nur bis Villingen. Und natürlich besitzt er eine Fahrkarte«, entgegnete Edelbert, der die Andeutung wohl verstanden hatte.

Die in Donaueschingen ansässige große Edelmann-Brauerei war, so hatte es mehrfach im Kurier gestanden, im Begriff, die kleinere Bären-Brauerei zu übernehmen. Schlenker galt zur Freude vieler Schwenninger als Gegner der Fusionsbestrebungen. »Der Bär bleibt hier«, lautete sein Motto.

Aus diesem Grund, und nur aus diesem, hätte er Hubertus eigentlich sympathisch sein müssen. Erst neulich hatte er seinen Freund Klaus in der gemeinsamen Stammkneipe »Bistro« mit einer Tirade gegen die Bierglobalisierung genervt.

Der Zug rollte an. Die Räder ratterten wieder leise vor sich hin.

Plötzlich ertönte ein lauter Schrei.

Hubertus und Edelbert schreckten gleichzeitig auf.

Aufgeregt stürzten sie aus dem Abteil in Richtung Toilette, von der das Geräusch gekommen zu sein schien.

Als sie um die Ecke schossen, stand ein kreidebleicher Klaus vor ihnen, dessen Blick durch die offene Tür in den kleinen Toilettenraum gerichtet war. Er schien von den anderen beiden überhaupt keine Notiz zu nehmen.

Mit weichen Knien erhaschte Hubertus einen Blick über Klaus' Schulter und zuckte unwillkürlich zusammen.

Peter F. Schlenker saß in leichter Schräglage auf der Zugtoilette. Ein breites braunes Klebeband versperrte den Blick auf Mund und Nase. Von seinem Gesicht waren nur seine weit aufgerissenen und entsetzlich starr blickenden Augen zu sehen. Sein behaarter Oberkörper hingegen war völlig entblößt, die Arme hinter dem Rücken offenbar gefesselt. Sein Hemd und sein elegantes Sakko lagen zerknüllt auf dem Handwaschbecken. Die zartblaue Krawatte mit den roten Querstreifen hing Schlenker noch um den Hals. Sie wirkte nun wie ein Strick.

»Erdrosselt«, flüsterte Klaus fassungslos. »Jemand hat ihn erdrosselt.«

»Oder erstickt«, ergänzte Hubertus mit Blick auf das abgeklebte Gesicht. Er schob Klaus beiseite und betrat die Toilette.

Ein lauter Knacks ertönte. Hubertus war auf Schlenkers randlose Brille getreten, die vor ihm auf dem Boden lag. Er nahm allen Mut zusammen, ging auf Schlenker zu und fasste ihm an die Halsschlagader, um nach einem Lebenszeichen zu tasten.

Nichts.

Dann schickte er sich an, den Krawattenstrick zu lösen. Einen Augenblick überlegte er noch, ob es Sinn hätte, den vermeintlich Erdrosselten wiederzubeleben. Doch als ehemaliger Rettungshelfer bei den Maltesern wusste er, dass dies ein aussichtsloses Unterfangen gewesen wäre. Dieser Mann war zweifellos tot.

»Schaffner, Schaffner!«, begann Edelbert zu rufen und lief schnaufend davon. Auch Klaus, der inzwischen aus seiner Starre erwacht war, verließ eilig den Fundort.

Auf einmal war Hubertus allein mit der Leiche.

»Klaus, bleib hier!«, rief er seinem Freund noch ängstlich hinterher.

Plötzlich gab es einen mächtigen Ruck. Hummel verlor das Gleichgewicht und donnerte mit dem Kopf gegen die Toilettenwand. Einen Moment lang verlor er das Bewusstsein.

Als er wieder zu sich kam, fühlte er eine schwere Last auf sich. Er öffnete die Augen und sah die starren Augen des Toten auf sich gerichtet. Er lag in engster Tuchfühlung mit Schlenker auf dem Boden der Zugtoilette.

»Hilfe!«, begann er hysterisch zu schreien.

Endlich hörte er Schritte. Es war der Zugführer, der durch forsches Zupacken die Leiche zur Seite schaffte. Klaus kam ebenfalls hinzu und half Hubertus beim Aufstehen.

»Was ist passiert?«, fragte Hummel atemlos.

»Ich habe die Notbremse gezogen«, antwortete Klaus leichenblass.

»Du blutest ja.« Edelbert war ebenfalls wieder aufgetaucht. Er blickte Hubertus an, im Mundwinkel eine qualmende Reval-Zigarette, die nervös zwischen den Lippen auf- und abwippte.

»Habet Sie den Mann umbrocht?«, erkundigte sich der Zugführer bei Hubertus.

Der zog ein Taschentuch hervor, um es auf seine Platzwunde zu halten.

»Sie machen wohl Scherze! Herr Riesle, mein Begleiter

hier, hat ihn tot aufgefunden. Als er die Notbremse zog, ist die Leiche auf mich drauf gefallen«, erklärte Hummel empört.

»Des isch aber gar net guet«, meinte der Bahnbeamte.

Auf einmal ertönte ein lautes Knallen. Die Unterhaltung auf der Zugtoilette verstummte. Eine Waggontür war offenbar ins Schloss gefallen.

Der Mörder, schoss es Hubertus durch den Kopf. Er lief zur nahe gelegenen Zugtür und drückte seine Nase gegen die Glasscheibe. Doch nichts war zu erkennen außer dem fahlen Lichtschein einiger Laternen, die zum Kirnacher Bahnhof gehören mussten. An dem stillgelegten kleinen Gebäude wenige Kilometer vor Villingen war der Zug also zum Stehen gekommen.

Draußen knirschte es. Hummel überlegte, ob er ebenfalls versuchen sollte, aus dem Zug zu springen, doch dann beschloss er, lieber im Zug zu bleiben und in den benachbarten Großraumwagen zu gehen, um von einem der Schiebefenster aus etwas zu erspähen. Hektisch öffnete er es und steckte die Nase in die eisige Schwarzwaldluft.

Er erhaschte einen Blick auf die Silhouette einer sehr großen Gestalt, die sich mit wehendem Mantel durch den Tiefschnee kämpfte. Klaus und Edelbert waren Hummel gefolgt und streckten ihre Köpfe aus dem benachbarten Fenster. Als sich der Flüchtende kurz umsah, um nach möglichen Verfolgern Ausschau zu halten, war sein Gesicht im Laternenschein verschwommen erkennbar: Er hatte eine massige Gestalt und … eine spitze Nase. Der Mann aus dem Gang!, durchfuhr es Hubertus.

»Ich gehe hinterher«, sagte Klaus, in dem der journalistische Eifer nach dem ersten Schock wieder erwacht war.

Edelbert hielt ihn zurück. »Aber auf keinen Fall!«

Der Mann verschwand in Richtung Feldner Mühle.

Klaus zögerte noch einen Moment, ließ sich dann aber von seinem Plan abbringen. »Jetzt hat er eh schon zu viel Vorsprung.«

Stattdessen zückte er sein Handy, um in der Redaktion anzurufen.

Hubertus schüttelte den Kopf. Es hatte ihn schon beim Eishockeymord im vergangenen Jahr geärgert, dass Riesle nach einem Verbrechen nichts Besseres zu tun gehabt hatte, als gleich an eine »Story« für den Kurier zu denken.

3. DREI SCHLECHTE ZEUGEN

Kriminalhauptkommissar Stefan Müller nahm die Nickel-brille von der Nase, um sie mit seinem karierten Stoff-taschentuch zu polieren. Dann schaute er auf seine Ta-schenuhr.

»Also wirklich, Herr Hummel. Wir haben im Schnitt zwei Mordfälle im Kreis pro Jahr. Wollen Sie jetzt bei jedem dabei sein?«

Er hauchte kräftig auf die kleinen runden Gläser, um seinen akribischen Putzvorgang fortzusetzen. Dann setzte er sich die Brille wieder auf und beugte sich über den Ge-richtsmediziner, der in einem weißen Overall gerade die Leiche untersuchte.

»Todesursache?«, fragte er trocken.

»Vermutlich stranguliert«, gab der zurück. »Genaueres kann ich aber erst nach der Obduktion sagen.«

Hummel zuckte mit den Schultern. »Herr Kommissar, ich versichere Ihnen, dass nicht wir die Mörder heim-suchen, sondern sie uns.«

»Na ja, wenn ich an Ihren Ermittlungseifer beim Eis-hockeymord denke, bin ich da anderer Meinung«, kon-terte Müller. »Das alles ist ein ganz schöner Schlamassel. Glauben Sie, es macht Spaß, fünfundfünfzig Fahrgäste im Bahnhofsfoyer festhalten zu müssen? Ganz zu schweigen von dem Verwaltungsaufwand, ihre Personalien aufzu-nehmen und sie einzeln zu dem Fall zu befragen.«

»Natürlich nicht«, gab Klaus zurück. »Aber wir haben ihn ja nicht ermordet.«

Mit einem Großaufgebot an Beamten hatte Müller im Villinger Bahnhof den auf offener Strecke gebremsten Zug erwartet. Zuerst war sogar überlegt worden, die Ermittlungen an Ort und Stelle der Notbremsung am »Kirnacher Bahnhöfle« aufzunehmen, weil ein Tatverdächtiger dort offenbar flüchtig war. Müller hatte sich aber entschlossen, zusätzlich eine Großfahndung zu starten und weitere Einsatzkräfte die Umgebung nach verdächtigen Personen absuchen zu lassen – bislang ohne Erfolg.

Die Befragung im Bahnhofsfoyer, das sonst um diese Uhrzeit geschlossen war, hatte bislang zu keinem Ergebnis geführt. Die Passagiere waren zunächst verstört, später dann aber vor allem genervt gewesen.

Immerhin hatten diejenigen unter ihnen, die in Richtung Konstanz weiterreisen wollten, zwei geschlagene Stunden auf einen Ersatzzug warten müssen. Der, mit dem sie gekommen waren, war ja nun Tatort und musste von der Spurensicherung unter die Lupe genommen werden.

»Große kräftige Gestalt und spitze Nase? Da werden wir die drei Herrschaften doch gleich mal mit auf die Polizeidirektion nehmen, um ein Phantombild nach ihren Beschreibungen anzufertigen«, äußerte Müller und blickte dabei eindringlich seinen Kollegen Winterhalter an, der ebenso wie Riesle und Burgbacher die Szenerie durch den Türrahmen verfolgte. In der Zugtoilette wäre es für alle viel zu eng gewesen.

Erst als der Gerichtsmediziner seine Arbeit beendet hatte, nahm Winterhalter dem Opfer behutsam die Krawatte ab und ließ sie ganz vorsichtig in eine Cellophantüte gleiten. Später würde er den möglichen Spurenträger kriminaltechnisch unter die Lupe nehmen.

»Mir sollet au unbedingt die Herrschafte um ihre Fingerabdrücke bitte«, sagte er dann schließlich zu Müller, der dies mit einem kurzen Nicken bestätigte.

»Folgen Sie uns also bitte«, meinte Müller.

Edelbert, der vom vielen Rotwein im Intercityexpress einen schweren und hochroten Kopf bekommen hatte, stöhnte.

»Aber Monsieur le Commissaire«, säuselte er, als hieße der nicht Müller, sondern Maigret. »Lassen Sie uns das doch lieber morgen bei einem Tässchen Kaffee regeln. Wir haben alle einen furchtbar langen Tag hinter uns und …«

»Kommt nicht infrage«, fuhr ihm Müller ins Wort, »wir müssen Ihr Erinnerungsvermögen noch heute Abend in Anspruch nehmen.«

Kommissar Winterhalter mischte sich in die Unterhaltung ein. Im Dialekt, denn er war ein echter Schwarzwälder, der zudem nebenerwerbsmäßig einen kleinen Bauernhof betrieb – in Linach, zwanzig Minuten von seiner Dienststelle entfernt: »Außerdem müsstet mir eine Sonderkommission einsetze, sollet Ihre Angabe nit sehr bald zum Täter führe. Ihre Täterbeschreibung hat jetzt oberschte Priorität. Denn außer Ihne hat offenbar kein Fahrgascht den Mann regischtriert.«

Es war mittlerweile fast zwei Uhr morgens. Der Gesichtsausdruck von Kriminalhauptkommissar Müller wurde zusehends verzweifelter.

»Vielleicht hilft ja ein Glas Cognac«, schlug Burgbacher vor. Die drei Freunde saßen mit einem Beamten vom Erkennungsdienst vor einem Computer im Kommissariat. Doch Kommissar Born, ein freundlicher, geduldiger Mittfünfziger mit Schnauzbart, konnte selbst mit den feinsten technischen Finessen kein Phantombild erstellen, das den Vorstellungen Hummels, Riesles und Burgbachers zugleich entsprochen hätte.

»Nein! Die Nase war viel größer und noch spitzer«, intervenierte Hubertus.

»Du übertreibst wieder mal. Eher waren die Backen dicker«, konterte Riesle.

»Ach was!«, hob Edelbert an und trank erst mal den Cognac, der ihm doch tatsächlich von Müllers Sekretärin Hirschbein offeriert worden war.

Auch sie war des Mordes wegen zu Überstunden in die Dienststelle geeilt.

»Der Mann hatte eine Narbe. Das Licht am Kirnacher Bahnhöfle schien direkt drauf«, polterte Burgbacher.

Die beiden anderen schnaubten und protestierten laut. Die Stimmung wurde zunehmend gereizter.

»Mensch, Edelbert. Wir sind hier nicht in einem deiner Theaterstücke. Und außerdem säufst du zu viel. Das benebelt den Verstand«, foppte ihn Klaus.

Hummel schaltete sich wieder ein: »Herr Müller, ich habe den Mann am längsten gesehen – zuerst im Zug und dann, als er weglief. Hören Sie einfach auf mich.«

»So kommen wir doch nicht weiter«, ging der Kommissar dazwischen und strich sich mit beiden Händen durch den sorgsam gekämmten Mittelscheitel.

»Auf ä paar Grundzüge sollte sich die Herre scho einige«, kam ihm nun Kollege Winterhalter zu Hilfe.

Doch alles Nachbohren half nichts. Jeder der drei Zeugen wollte den Täter besser gesehen haben.

Schließlich setzte Müller den Diskussionen ein Ende: »Lassen Sie es uns morgen noch mal probieren. In den Zeitungen wird das Bild ohnehin erst am Montag erscheinen können. Eine grobe Beschreibung haben wir ja.«

»Gegebenefalls werde mer halt getrennte Phantombilder nach Ihre Beschreibunge mache und versuche, sie anzugleiche«, versuchte Winterhalter etwas Hoffnung zu verbreiten. Dann begleitete er die drei Zeugen durch einen langen Gang und das steril wirkende Treppenhaus bis zum Ausgang der Polizeidirektion.

Hummel, Riesle und Burgbacher machten sich auf den Weg zu dem Sexkino, vor dem Klaus seinen Kadett geparkt hatte. Während die anderen sich über die Facebook-Werbung einer leicht bekleideten Blondine im Schaukasten des Etablissements (»Süßer – du musst mein Freund werden!«) amüsierten, fluchte Klaus leise vor sich hin. Ein Strafzettel wegen Parkens im Halteverbot – um diese Uhrzeit! Da versuchte man der Polizei zu helfen, und das war der Dank.

Andererseits: Auf ein Knöllchen mehr oder weniger kam es beim passionierten Raser Klaus auch nicht mehr an.

4. ZIIIEH!

Hubertus' Wecker klingelte um sieben Uhr fünfundfünfzig. Eigentlich war das gar nicht nötig gewesen, denn
schon einige Minuten zuvor war Martina in sein Zimmer geplatzt. »Los, Papi! Ich will 'nen guten Platz!« und
»Ziiieh, Severin!«, hatte sie gerufen.

Hubertus stöhnte. Nach nur knapp fünf Stunden Schlaf
und der Aufregung des Vorabends waren ihm momentan
alle Freunds, Schlierenzauers und Morgensterns dieser
Welt egal. Aber nun gut: Versprochen war versprochen.

Und es war ihm schon wesentlich lieber, seine siebzehnjährige Tochter schwärmte für einen der Skispringer als
für einen Mörder – wie vor einem knappen Jahr ... Außerdem war für Hubertus als zumindest passivem Sport-
fan das Weltcup-Skispringen in Titisee-Neustadt durchaus
ein verlockendes Ereignis, genau wie für seinen Kumpel
Klaus, der sie begleiten würde.

Es hatte die ganze Nacht hindurch weiter geschneit. Die
Straßen der Villinger Südstadt waren von der weißen
Pracht überzogen. Hubertus genoss den Blick durch das
Küchenfenster in seinen Vorgarten.

Komisch, dass Martina noch nichts von dem Mord
wusste. Normalerweise blätterte sie zu Hubertus' Ärger
immer vor ihm den Schwarzwälder Kurier durch, um ihm
dann die Neuigkeiten beim Frühstück brühwarm weiter-
zugeben.

Oder hatte es Klaus am Vorabend doch nicht geschafft, eine Meldung abzusetzen?

Weit gefehlt, die Zeitung lag noch im Briefkasten. Und kurz darauf erfuhr Hubertus auch den Grund. Martina kam nämlich mit einem frisch gebastelten und bemalten Plakat in die Küche.

»SEVERIN – ICH WILL EIN KIND VON DIR!«, war darauf in riesigen Lettern zu lesen.

»Sag mal, hast du noch alle Tassen im Schrank?«, schimpfte Hubertus. »Willst du das wirklich mitnehmen?«

»Ja, klar«, strahlte Martina. »Marion hat auch so eines.«

»Marion, Marion«, entgegnete Hummel. »Ich kenne die Eltern deiner Freundin nicht, aber dich nehme ich so nicht mit.«

Martina schmollte, zupfte an ihrem Nasenpiercing und fragte dann: »Fahren wir jetzt eigentlich mit dem Zug oder mit dem Auto? Ich muss Marion noch Bescheid geben.«

Das war eine gute Frage. Zwar hatte Hubertus am Vorabend wortreich erklärt, er werde nie wieder in einen Zug steigen, aber da die Straßenlage nun offenbar noch dramatischere Ausmaße angenommen hatte, bot sich doch eher die Bahn an. Zudem hatte man mit einer Eintrittskarte fürs Springen freie Fahrt bis Neustadt.

»Mit dem Zug«, entschied Hubertus. »Sag Marion, wir holen sie um zehn nach neun ab.« Als Eisenbahnersohn war es für ihn Ehrensache, die Abfahrtzeiten seines Heimatbahnhofs im Kopf zu haben.

»Da hätten wir ja auch allein gehen können«, bemerkte

Martina enttäuscht. »Ich kann's kaum erwarten, bis ich endlich den Führerschein habe.«

Hubertus winkte ab und studierte die Zeitung. Natürlich: Auf Klaus war Verlass. »Brutaler Mord in der Schwarzwaldbahn«, lautete die riesige Überschrift auf der Titelseite des Schwarzwälder Kuriers. Es war ein längerer, blumig ausgeschmückter Artikel, den Klaus per iPhone an die Spätredaktion durchgegeben hatte. Er hatte sich im Eifer ganz schön weit aus dem Fenster gelehnt, das würde womöglich Ärger geben.

»Ob Schlenker seiner Weigerung, die Bären-Brauerei zu verkaufen, zum Opfer fiel, ist derzeit noch unklar«, hatte Riesle einfach mal gemutmaßt.

Kopfschüttelnd nahm Hubertus auch einen weiteren Satz von Klaus zur Kenntnis: »›Ich hatte Todesangst, als ich Herrn Schlenker auf der Zugtoilette entdeckte‹, sagte ein Zeuge, der anonym bleiben wollte, exklusiv gegenüber dem Schwarzwälder Kurier.«

Dass es sich bei diesem Zeugen um Klaus selbst handelte, hatte er wohlweislich verschwiegen.

»Interessant, was du unter seriösem Journalismus verstehst, Klaus«, sagte Hubertus wenige Minuten später am Telefon.

»Das gehört zum Geschäft«, konterte dieser trocken.

»Deine Skrupellosigkeit scheint auch mit jedem Artikel zu steigen«, rügte Hubertus. »Kommt der Herr Anonymus denn nachher zu Fuß bei mir vorbei?«

»Na klar, laut Bahnauskunft fahren die Züge heute Morgen wieder normal. Und vielleicht kriege ich am Bahnhof ja noch was raus. Ich laufe dann zu dir runter.«

Er wohnte in einem Hochhaus in der ansonsten von eingeschossigen Flachdachhäusern geprägten, etwas höher gelegenen Siedlung Hammerhalde.

Kurz nach neun holte er Hubertus und Martina ab. Sie stapften durch die verschneite Saarlandstraße, wo Martinas Freundin Marion wohnte. Sie war ein Jahr jünger als Hubertus' Tochter, hatte sich wie Martina dick eingemummt und trug eine lustige Pudelmütze. Sie sagte artig: »Guten Morgen, Herr Hummel«, und reichte auch Klaus die Hand.

Hummel war etwas verlegen. Eigentlich war es ihm gar nicht recht, wenn er privat mit seinen Schülerinnen zu tun hatte. Vor allem, wenn die gemeinsam mit seiner Tochter am helllichten Samstagmorgen in der Villinger Innenstadt »Severin, Severin, Skisprung-Gott!« skandierten. Und das noch in der Nähe »seiner« Schule, dem Gymnasium am Romäusring.

Gerade als sie den Kiosk kurz vor dem Bahnhof passierten, schaute der Betreiber heraus und rief: »He, Klaus, was für eine Supergeschichte!« Er deutete auf die Schlagzeile mit dem Mord. Klaus winkte ihm im Weitergehen zu. Wenig später waren sie am Bahnhofsvorplatz. Neun Uhr fünfundzwanzig, noch dreizehn Minuten bis zur Abfahrt des Zuges.

Klaus war voll im Recherchefieber. Er befragte zwei Bahnangestellte nach neuen Erkenntnissen zum Mord, konnte jedoch keine besonderen Neuigkeiten in Erfahrung bringen.

Gleis 1 füllte sich derweil mit zahllosen Menschen. Auch eine Abordnung des »Martin-Schmitt-Fanklub Tannheim« nebst Fahne war zu sehen.

»Unangenehm, zwölf Stunden nach dem Mord wieder im Zug zu sitzen«, murmelte Hubertus.

»Keine Sorge«, entgegnete Klaus. »Diesmal gibt's nur Großraumwagen, keine Abteile. Und es wird so voll, da wirst du höchstens versehentlich erdrückt.«

Aus Rottweil traf die Regionalbahn ein. Hummel und sein Begleittrupp stiegen ein. Dass der Bären-Brauerei-Chef ermordet worden war, hatte in den beiden Waggons das Skispringen als Hauptthema verdrängt.

Hubertus rutschte auf seinem Sitz nervös hin und her und blickte sich in alle Richtungen um. Seit dem gestrigen Abend hatte er eine Zugphobie.

Martina und Marion in der Reihe hinter ihnen nahmen davon keine Notiz. Sie versuchten, sich gegenseitig »Severin« auf die Wangen zu malen. Bei der unruhigen Zugfahrt kein einfaches Unterfangen, doch beim Halt in Donaueschingen konnte man es als geglückt ansehen. Wieder stiegen zahlreiche Leute zu – nun war sogar ein Stehplatz kostbar.

Über Döggingen, Löffingen und Rötenbach erreichte die Regionalbahn schließlich um kurz vor halb elf mit nur leichter Verspätung Neustadt.

Das Schneetreiben hatte mittlerweile zugenommen.

»Reisende zum Skisprung-Weltcup bitte hier aussteigen«, dröhnte es aus dem Lautsprecher.

Tausende von Zuschauern waren auf dem Weg zur Hochfirstschanze, die gerade fünf Minuten vom Bahnhof entfernt in Richtung eines großen Viadukts lag, welches das Gutachtal überspannte.

Am Straßenrand schob ein zum Pflug umgebauter Traktor den Schnee zu großen Haufen zusammen. Diesmal gab es ihn wirklich in Hülle und Fülle. Das Jahr zuvor war das noch ganz anders gewesen. Da hatten die Veranstalter eine ganze Armada von Lastwagen aufbieten müssen, um tonnenweise Schnee vom Sankt Gotthard in den Schwarzwald zu befördern.

»Wusstet ihr, dass die Hochfirstschanze die größte Naturschanze Deutschlands ist?«, fragte Hubertus Martina und Marion. Die blickten sich verschwörerisch an.

Auch Marion kannte offenbar schon Hubertus' Hang zum Dozieren. Dann antworteten sie aber brav: »Nein.«

»Schon vor über hundert Jahren wurde hier gesprungen. 1911 hat ein Gustav Tröndle einen überragenden Sieg errungen, aber damals standen noch keine kreischenden Teenager an der Schanze«, referierte Hubertus weiter.

Den Mädchen schien das zu genügen. Martina, die mittlerweile eine lilafarbene Werbemütze einer Schokoladenfirma aufgesetzt hatte, sagte: »Wirklich interessant, Papi. Wir sind dann mal weg.«

Sie stürzten in Richtung Schanze davon.

»He!«, rief Hubertus ihr hinterher. »Und wann treffen wir uns wieder?«

»Wir kommen schon nach Hause«, meinte Martina.

»So geht das aber nicht«, sagte Hummel entrüstet, aber da waren die beiden schon in der Zuschauermasse verschwunden.

»Huby«, ermahnte Klaus seinen Freund. »Deine Tochter ist fast erwachsen – ich bitte dich.«

Langsam ließ das Schneetreiben etwas nach. Gut für die Springer, die bereits mitten im Probedurchgang waren. Schon von Weitem hörte man den Stadionsprecher, der um donnernden Applaus für jeden Springer bat. Eigentlich wäre das gar nicht nötig gewesen, denn die Stimmung war bereits ausgelassen.

»Wir hätten früher aufstehen müssen«, ärgerte sich Hubertus, als sie wenig später die Einlasskontrolle passiert hatten. »Da ist ja alles voll.«

»Einhundertsechzehn Meter für die Nummer einunddreißig, Stefan Thurnbichler aus Österreich«, dröhnte es aus dem Lautsprecher.

»Lass uns später mal im Edelmann-Zelt ein Bier trinken«, sagte Klaus. »Vielleicht treffen wir ja jemanden von denen. Die sind doch Hauptsponsoren.«

Hubertus nickte und kämpfte sich durch die Zuschauermassen.

Lautes Hupen und Schreien ertönte. Mit Martin Schmitt war nun ein Deutscher dran. Ein Schwarzwälder sogar!

Hubertus blickte abwechselnd auf die Schanze und die überdimensionale Leinwand, auf der das Geschehen übertragen wurde.

»Ziiieh!«, echote die Menge im tausendfachen Chor, um dann laut loszujubeln.

»Hundertachtunddreißig Meter, und das im Probedurchgang«, freute sich Klaus. »Das kann ja was werden. Die heimische Luft tut ihm wirklich gut.«

Zwei Glühwein und eine Stunde später war der Mordfall weit weg.

»Was für eine Atmosphäre«, schwärmte Hubertus. »Die Schanze, die Stimmung, die Landschaft, einfach toll. Wir müssen fürs zweite Springen morgen auch wieder Karten kaufen.«

»Kannst du vergessen«, winkte Klaus ab. »Das ist doch

längst ausverkauft. Außerdem sollten wir mal zum VIP-Zelt gehen. Ich will das Statement eines Edelmann-Vertreters.«

Hubertus widersprach: »Der erste Wertungsdurchgang fängt doch gleich an!«

Klaus zog ihn an seinem blau-weißen SERC-Schal, den Hubertus auch an diesem Tag trug. »Komm jetzt, am Anfang sind doch eh die Schwächeren dran. Und das Springen kannst du ja wohl auch so mitverfolgen.«

Gemeinsam kämpften sie sich erneut durch die Massen. Hubertus blickte auf die Großbildleinwand. Wenige Meter entfernt entdeckte er eine kleine Kabine mit dem ZDF-Logo. Hubertus glaubte sogar, neben dem Moderator Sven Voss den Skisprungexperten Dieter Thoma auszumachen. Letzterer war am roten Haarschopf und seinem Stirnband zu erkennen. Der frühere Spitzensportler war hier außerordentlich beliebt – kein Wunder, sein Heimatort Hinterzarten lag gerade einmal zehn Autominuten entfernt.

Kurz darauf erreichten Hubertus und Klaus ein Zelt in der Nähe der Schanze, auf dessen Dach eine überdimensionale Bierflasche prangte. »Edelmann-VIP-Lounge« stand dort zu lesen. »Zutritt nur für Berechtigte«.

Das wäre nicht nötig gewesen, denn die zwei Typen Marke Disco-Türsteher mit Sonnenbrille machten einem eindeutig klar, dass hier für den Normalsterblichen Endstation war.

Derweil waren die Springer bei Startnummer sieben angekommen. Ein junger Finne hechtete sich in die Anlaufspur.

»Schwarzwälder Kurier«, versuchte es Klaus und zeigte

den Türstehern seinen inzwischen schon recht verwaschenen Presseausweis.

»Nur für geladene Gäste«, parierte einer der Gorillas, ein Glatzkopf, Kaugummi kauend und arrogant. »Haben Sie eine Presse-VIP-Karte?«

»Wir müssen mit Herrn Dr. Limberger von der Edelmann-Brauerei sprechen«, insistierte Klaus.

»Keine Chance«, meldete sich der andere Tür- oder vielmehr Zeltsteher zu Wort. Er war etwas kleiner, maß aber wohl immer noch knapp einen Meter neunzig.

»Hören Sie mal ...«, begann Klaus.

Dann ging alles ganz schnell. Es knallte – und zwar ziemlich laut.

Kurz darauf hörte man ein entsetztes Raunen. Springer Nummer acht, ein junger Österreicher, war im Flug gestürzt, auf den Schanzenbuckel aufgeprallt und den Auslauf heruntergerutscht. Einer seiner Skier hatte sich verabschiedet und suchte sich seinen eigenen Weg ins Tal.

»Das war doch ein Schuss! Die haben auf den geschossen!«, brüllte Hubertus entsetzt.

Zum Glück war ein Polizist in der Nähe. »Ein Schuss!«, rief Hubertus wieder und lief auf den Beamten zu. »Hilfe, Mord!«

5. VERFOLGUNGSJAGD

Die umstehenden Zuschauer wurden leicht panisch. Auch die Zeltsteher verloren nach Hubertus' Schreien merklich an Souveränität. Einer sprach in sein Walkie-Talkie, Sanitäter liefen derweil zu dem gestürzten Springer.

Hubertus war weiter völlig fassungslos. »Das gibt's doch nicht, Klaus!«, rief er und packte seinen Freund an der Schulter.

Wenige Sekunden später staunte Hummel noch mehr. Der Skispringer erhob sich nämlich wieder, allerdings musste er von einem Sanitäter gestützt werden. Auf einem Ski verließ er den Auslauf. Erleichtert applaudierte die Menge.

Kurz darauf war auch den beiden Freunden klar, was passiert war. Bei einem Mitglied des örtlichen Schützenvereins, der gemeinsam mit der Schwarzwälder Trachtenkapelle die Pause zwischen den beiden Durchgängen untermalen sollte, hatte sich ein Schuss gelöst. Niemand war verletzt worden.

»Verdammt noch mal, Huby! Du bist ja hysterisch!«, rief Klaus verärgert. Auch die umstehenden Zuschauer sahen Hubertus strafend an.

Der wurde rot. Offenbar ging ihm der gestrige Abend massiv nach.

Die Securityleute wandten sich ganz kurz an die beiden

Freunde. »Hauen Sie endlich ab!«, knurrte einer von ihnen.

Hubertus und Klaus trollten sich, blieben aber in Sichtweite des VIP-Zeltes.

»Ich kenne den Pressesprecher der Edelmann-Brauerei«, meinte Klaus, als er sich wieder beruhigt hatte. »Wenn der da rauskommt oder reingeht, frage ich ihn.«

Vorläufig war jedoch niemand zu sehen, was den beiden immerhin die Möglichkeit gab, in Ruhe das Skispringen zu verfolgen. Bis zur Gruppe der besten fünfzehn tat sich nichts Außergewöhnliches. Die Deutschen hielten gut mit. Pascal Bodmer aus Meßstetten, der ebenfalls über einen lautstarken Anhang verfügte, lag immerhin auf Platz fünf.

Dann übertrafen die Springer sich gegenseitig: Einhunderteinundvierzig Meter lautete die Bestmarke des Österreichers Thomas Morgenstern, der von zahlreichen Landsleuten mit »Morgi, Morgi«-Sprechchören gefeiert wurde. Weiß-rote Flaggen flatterten im Wind.

Zweiter war Martin Schmitt mit überraschenden Einhundertachtunddreißig Metern. Nun stand nur noch Severin Freund mit der Nummer fünfzig oben. Hubertus blickte auf die Großbildleinwand, welche die Livefernsehbilder übertrug. Die Kamera schwenkte ins Publikum und verharrte dann auf einem Mädchen, das stolz ein Transparent hochhielt. »SEVERIN – ICH WILL EIN KIND VON DIR«, lautete die Aufschrift. Martina! Live im Fernsehen vor acht Millionen Zuschauern. O Gott!

Klaus war seinem Blick gefolgt und schmunzelte. »Die zweite Peinlichkeit der Familie Hummel für den heutigen Tag.«

Der deutsche Sprungstar unterbrach ihn, denn er war nun in der Anlaufspur.

»Ziiieh«, brüllte Klaus mit allen anderen, während Hubertus immer noch entsetzt über den Auftritt seiner Tochter war.

»Einhundertvierzig Meter«, verkündete der Stadionsprecher kurz darauf. »Und was hat er für Haltungsnoten? Fast die gleichen wie Thomas Morgenstern. Rang zwei für unseren Severin nach dem ersten Durchgang.«

Auch die Pause verbrachten Hubertus und Klaus in der Nähe des VIP-Zeltes. Klaus hatte es seinem Freund ausreden können, Martina zu suchen und ihr das Transparent wegzunehmen.

Kurz darauf kam zwar nicht der Edelmann-Pressesprecher, aber immerhin der Sportchef des Schwarzwälder Kuriers am Zelt vorbei – ein schnauzbärtiger, schwäbelnder Lockenkopf mit dem Spitznamen »Bacchus«, weil er optisch etwas dem Weingott ähnelte. Klaus traf ihn mitunter bei Heimspielen des Villinger Fußballklubs FC08. Er stürzte auf ihn zu: »Wolfgang! Du hast doch sicher eine Presse-VIP-Karte ...«

Leider erwies sich diese als nicht übertragbar, doch der Kollege erklärte sich bereit, drinnen nach dem Pressesprecher zu suchen. Und tatsächlich: Nach fünf Minuten kam er mit Holger Baumann, dem Edelmann-Pressechef, aus dem Zelt.

Klaus blickte die beiden Gorillas triumphierend an und sagte: »Bitte entschuldige, Holger, nur ein Satz: Hast du schon von dem Mord an Schlenker gehört?«

Baumann war ein hoch aufgeschossener, vielleicht für

den Anlass eine Spur zu gut angezogener Mittdreißiger. Seine Gesichtszüge verfinsterten sich sofort.

»Soll das ein Witz sein? Natürlich. Und dein Artikel heute im Kurier war ja wohl ziemlich daneben. Ich hoffe nur, dass sich bald ein privates Motiv herausstellt, sonst werden wir wieder Opfer von irgendwelchen Verschwörungstheorien.«

»Zu Unrecht?«, mischte sich Hubertus ein und erntete einen abschätzigen Blick.

»Ich weiß zwar nicht, wer Sie sind, aber selbstverständlich zu Unrecht«, sagte Baumann.

»Ich bin ein Freund von Herrn Riesle«, erläuterte Hubertus. »Aber spielt es der Edelmann-Brauerei im Grunde nicht in die Karten, dass sich Herr Dr. Schlenker ins Jenseits verabschiedet hat? So haben Sie doch möglicherweise freie Bahn für die Fusion …«

Baumann unterbrach ihn und wandte sich an Riesle: »Klaus, du hast schon komische Freunde.« Dann blickte er Hubertus an: »Ich möchte Ihnen raten, so etwas nicht öffentlich zu behaupten oder zu schreiben, falls Sie Journalist sind. Wir haben eine gute Rechtsabteilung.« Dann drehte er sich wieder zu Klaus. »Ich muss wieder hinein. Dr. Limberger wartet.«

»Ist das nicht Dr. Limberger?«, unterbrach ihn Klaus.

Ein Mann von Mitte fünfzig im feinen Kaschmirmantel trat aus dem Zelt, begleitet von einem kräftigen jüngeren Mann in Anzug und Krawatte, offenbar seinem Assistenten. Dieser hatte eine spitze Nase, war sehr groß und … Es war der Mann aus dem Zug!

»Mörder!«, schrie Hubertus und rannte auf den Mann zu.

Dieser starrte ihn erst entsetzt an, wich zurück und ergriff dann die Flucht, als Hummels zwei Zentner auf ihn losstürmten.

Während Limberger und Baumann große Mühe hatten, die Situation auch nur annähernd einzuschätzen, sprang Klaus hinter seinem Freund her.

Die wilde Jagd ging quer durch die Zuschauerreihen, die zu den Klängen der Musikkapelle schunkelten. Gerade wurde das Badner-Lied intoniert:

»Das schönste Land in Deutschlands Gaun, das ist mein Badnerland, es ist so herrlich anzuschaun und ruht in Gottes Hand ...«

Unter normalen Umständen wäre Hubertus nun ruckartig stehen geblieben, hätte seine rechte Hand ans Herz gepresst und ergriffen gelauscht, doch momentan hatte er keine Zeit dafür. Der Flüchtende hatte nämlich etwa zehn Meter Vorsprung, was angesichts der Behinderungen durch die zahlreichen Zuschauer einiges bedeutete.

Hubertus war jedoch wie entfesselt, umkurvte Skisprungfans, schnitt Haken und bekam den Mann einmal auch fast zu fassen. Klaus folgte mit wenigen Metern Abstand.

Hummel überlegte sich während des Laufens, was er eigentlich machen sollte, falls er den Mann einholte. Dieser war zweifelsohne stärker als er. Vielleicht gelang es ihm ja, ihn so lange festzuhalten, bis die Polizei einträfe.

Der Spitznasige machte gerade wieder einen abrupten Richtungswechsel und hätte fast einen Glühweinverkäufer umgerannt. Hubertus versuchte zu folgen, kriegte die Kurve jedoch nicht ganz – und stieß voll mit einem im

Weg stehenden Mann zusammen. Beide gingen zu Boden und zogen dabei auch noch eine dritte Person mit sich.

Als Hubertus wieder aufstand, traute er seinen Augen nicht: Er blickte in das entsetzte Gesicht des ZDF-Moderators Sven Voss. Bei dem Mann, mit dem er zusammengestoßen war, handelte es sich um Dieter Thoma, der sich für eine Livereportage unter das Volk gemischt hatte. Schemenhaft erblickte Hubertus nun sein eigenes Gesicht auf der großen Livebild-Leinwand.

Dann zog der Regisseur eine andere Kamera vor.

Damit stand es in puncto peinliche Fernsehauftritte eins zu eins zwischen Martina und Hubertus.

Bei Klaus hatte der Jagdinstinkt über die Hilfsbereitschaft gesiegt. Er verfolgte weiter den Flüchtenden und stellte ihn schließlich in der Nähe des Ausgangs. Der Mann mit der spitzen Nase schien die Flucht nach vorne zu suchen, denn er drehte sich um und raunzte Klaus atemlos an: »Können Sie mir sagen, was das hier soll?«

Riesle überlegte und meinte dann keuchend: »Sie waren doch gestern Abend im Zug?«

Limbergers Sekretär fand seine Fassung schnell wieder: »Und deshalb verfolgen Sie mich? Ich war in keinem Zug.«

Während zwanzig Meter weiter Hubertus auf die Fernsehmänner einredete, überlegte Klaus, was nun zu tun war: »Sie waren gestern Abend in der Schwarzwaldbahn und sind dann aus dem Zug gesprungen.«

»Ich war gestern Abend mit Herrn Dr. Limberger auf zwei Terminen. Das kann er bezeugen. Ich war in keinem Zug. Außerdem möchte ich erst einmal Ihren Dienstausweis sehen«, konterte der Sekretär. »Und vor Ihrem Kollegen kann man ja regelrecht Angst bekommen!«

Klaus zeigte ihm seinen Presseausweis und fragte nach: »Und Sie sind Herr …?«

»Dold«, sagte der Sekretär, schaute sich den Ausweis an und stutzte: »Wie, Presse? Ich denke, Sie sind von der Polizei?«

»Das habe ich nie behauptet«, meinte Klaus, was Dold jedoch keineswegs beruhigte.

»Eine bodenlose Unverschämtheit. Das wird Folgen haben. Wir werden uns über Sie beschweren!« Er drehte sich um und ging davon, während er seinen in Unordnung geratenen Anzug richtete und das Hemd wieder in die Hose steckte.

Derweil dachte Klaus über das weitere Vorgehen nach. Die Polizei anrufen? Den Mann weiter verfolgen? Er entschied sich gegen beides, zumal gerade Hubertus auf ihn zukam.

»Toller Auftritt mit Dieter Thoma«, gratulierte Klaus seinem Freund.

Hubertus winkte schweißgebadet ab. Nach Scherzen war ihm überhaupt nicht zumute.

Zum Glück wurde die allgemeine Aufmerksamkeit von ihm und seinem Sturz abgelenkt, denn der zweite Durchgang hatte begonnen.

»Wo ist der Killer?«, fragte Hubertus.

»Bist du dir überhaupt hundertprozentig sicher, dass er es war?«, entgegnete Klaus. »Ich habe ihn erst mal laufen lassen. Er scheint ein Alibi zu haben.«

»Sag mal, hast du sie noch alle?«, empörte sich Hubertus. »Wir müssen die Polizei rufen.«

Klaus widersprach. »Wir haben den Namen dieses Mannes und wissen, wo er arbeitet. Der läuft uns nicht weg.«

»Aber …«, unterbrach Hubertus ihn.

Klaus winkte ab. »Was sollen wir der Polizei denn sagen? Die hält dich doch spätestens, seitdem du vorhin beim Sturz des Österreichers ›Hilfe, Mord!‹ geschrien hast, für geistig umnachtet. Und Müller schüttelt ohnehin den Kopf über uns, weil wir uns nicht mal auf ein Phantombild einigen konnten.«

Erneut widersprach Hubertus: »Aber dieser Sekretär war ja wohl ziemlich eindeutig der Mörder. Die Nase, die Größe, das passt alles. Sogar ein Motiv gibt es. Nur Frisur und Haarfarbe sind anders, oder nicht?«

Klaus nickte und beschwichtigte dann: »Huby, du magst ja recht haben. Aber wir sollten das nicht alles Müller überlassen, der uns ohnehin nicht mag! Stell dir mal vor, wir lägen damit falsch … Und außerdem« – er richtete seine ebenfalls durcheinandergeratene Kleidung – »gäbe das eine phantastische Exklusivgeschichte, wenn wir den überführen würden.«

Noch eine Weile diskutierte Hubertus mit Klaus, gab dann aber auf. Erstens musste er zuerst einmal seine Gedanken ordnen, zweitens schmerzte ihm der Kopf vom Sturz, und drittens wollte er das Ende des Wettkampfes mitbekommen.

Der wurde nun immer spannender, da sich die Führenden des ersten Durchgangs waghalsig in die Tiefe des Schwarzwaldtals stürzten. Zur Freude des Publikums führte immer noch Martin Schmitt aus »Furtwangen«, wie der Schanzensprecher freudig verkündete.

»Furtwangen«, zischte Hubertus, um die Sache gleich richtigzustellen. »Das ist unser Martin Schmitt aus Tannheim. Tannheim, Ortsteil von Villingen-Schwenningen. Er ist ein Bürger unserer Stadt. Und: Er ging früher mal auf unser Gymnasium!«

»Du bist heute unerträglich, Huby«, unterbrach ihn Klaus.

Mit einem weiteren Satz auf einhundertneununddreißig Meter bei einwandfreier Telemarklandung und besten Haltungsnoten hatte Schmitt die etwas verkorkste Vorsaison vergessen gemacht.

»Jetzt geht's los!«, skandierte das Publikum, denn einen Trumpf hatten die deutschen Adler noch auf dem Turm stehen: Severin Freund, der nun unter dem lang gezogenen »Ziiieh«-Ruf seiner Fans über den Schanzenbuckel hechtete. Der Sprung wurde länger und länger. Dann setzte er auf, allerdings mit einem einfachen »Haferlaufsprung«, wie Georg Thoma gesagt hätte. Und der Onkel von Dieter Thoma war immerhin 1960 Olympiasieger in der Nordischen Kombination gewesen.

Als der Stadionsprecher die hundertfünfundvierzig Meter verkündete, war klar, warum Freund den eleganten Ausfallschritt nicht mehr geschafft hatte. »Das ist neuer Schanzenrekord und die Führung für Severin«, tönte es jubelnd aus den Lautsprechern. Die Abzüge bei den Haltungsnoten hielten sich in Grenzen.

Thomas Morgenstern landete kurz darauf bei nur hundertfünfunddreißig Metern und auf Platz zwei. Jubelnd rannte Severin Freund in den Auslauf und streckte seine breiten Skier unter den Ovationen der fünfundzwanzigtausend Zuschauer triumphierend in die Höhe.

Auch Hummel und Riesle waren im Siegestaumel und klatschten sich mit beiden Händen wie zwei Teenager ab. Hubertus ertappte sich sogar dabei, wie er bei einem »Severin, Severin, Skisprung-Gott« mitskandierte. Das Ganze hatte zudem den angenehmen Nebeneffekt, dass die umstehenden Besucher vor lauter Euphorie die unfreiwilligen Showeinlagen von Hubertus vergessen hatten.

Im überfüllten Zug zurück nach Villingen machte nicht einmal Klaus Anstalten, seinen Freund wegen der peinlichen Ereignisse aufzuziehen. Auch Hubertus dachte nicht mehr an den Fauxpas, ja, er überwand vor Freude sogar seine durch den Mord bedingte Abneigung gegen Züge. Als Eisenbahnersohn würde er auch zukünftig Bahn fahren – Mord hin oder her.

6. BUDENZAUBER

Hubertus kämpfte sich den Hügel empor. Da er mit den Beinen fast vollständig in der weißen Pracht einsank, schätzte er die Schneehöhe auf einen knappen Meter. Das dürfte ein neuer Jahrhundertrekord sein, dachte er, während er sich, oben angekommen, den Schnee von der Kleidung klopfte. Er wollte unbedingt einen Blick auf sein Heimatstädtchen Villingen in der Morgensonne erhaschen. Und den besten bekam man nun mal entweder vom eisernen Aussichtsturm oder hier vom Magdalenenbergle, einem ehemaligen Keltengrab, das früher als Hexentreff und Hort eines Schatzes bekannt gewesen war. Archäologen hatten dort Ende des 19. Jahrhunderts ein keltisches Fürstengrab entdeckt.

Der kreisrunde Hügel erhob sich über der Südstadt. Manches Mal war Vater Hummel hier mit seinem Sprössling im Winter Schlitten gefahren. Hubertus erinnerte sich, wie er erst mit dem alten braunen Holzschlitten, später dann mit einem roten, besonders schnittigen Bob hinuntergesaust war.

Wie lange mochte das her sein?

Fast vierzig Jahre. Kaum zu fassen.

Um nach den anstrengenden Erlebnissen vom Vortag einen freien Kopf zu bekommen, hatte sich Hummel nach dem Frühstück zu einem raschen Spaziergang entschlossen.

Allein, denn Martina hatte es, wie so oft, abgelehnt, ihrem Vater Gesellschaft zu leisten. »Sonntagsspaziergang? Ist doch uncool, mit seinem Alten rumzulaufen«, hatte sie gesagt. Sie war erst gegen drei Uhr morgens nach Hause gekommen – der Freund ihrer Freundin habe sie gefahren, lautete die Hubertus kaum zufriedenstellende Erklärung.

Hummel blinzelte in den azurblauen Himmel.

Von der Stadt ertönte Glockengeläut.

Er blickte auf seine alte Armbanduhr aus solider Schwenninger Produktion, die ihm einst sein Großvater vermacht hatte.

Kurz vor zehn. Höchste Zeit, sich auf den Weg in Richtung Altstadt zu machen, denn um halb elf war er mit Klaus verabredet.

Er atmete tief durch, bevor er den weißen und mittlerweile von Spuren zerfurchten Buckel hinunterrutschte und sich eilig in Richtung Innenstadt aufmachte.

Während seines Fußmarsches rekapitulierte er noch mal den Vorabend, an dem er nach dem Skispringen mit Burgbacher und Riesle erneut einen Besuch bei der Polizeidirektion absolviert hatte.

Wenigstens Klaus und Hubertus waren sich nun weitgehend einig über die gesuchte Person gewesen: Kein Wunder, sie hatten sie ja kurz zuvor beim Skispringen erneut gesehen.

Freund Burgbacher wollte immer noch partout auf dem Standpunkt beharren, der Mann habe eine Narbe gehabt. Für ein Phantombild hatte es deshalb nicht ganz gereicht, stattdessen gab die Polizei nun eine Personenbeschreibung des mutmaßlichen Täters an die Presse: Fünfunddreißig bis vierzig Jahre alt, einen Meter neunzig groß, spitze Nase, kräftige Gestalt, dunkle Kleidung.

Ob das genügte?

Wie auch immer: Hummel und Riesle hatten sich zuvor darauf geeinigt, Müller und seinem Kollegen Winterhalter von der seltsamen Begegnung mit dem Verdächtigen nichts zu erzählen. Man wollte erst noch eigene Ermittlungen anstellen und die Kripo dann später einweihen.

Mit voreiligen Schlüssen hatte man Stefan Müller schon beim vorigen Fall in Rage gebracht. Jetzt wollten die Hobbydetektive professioneller vorgehen.

Es sei ohnehin nur eine Frage der Zeit, bis die Polizei von selbst auf den Sekretär stoße, hatte Riesle noch erklärt.

Zumal die Kripo sämtliche Kräfte in die Waagschale warf. Schon bevor Hummels und Riesles Beschreibung des Verdächtigen von der Kripo an andere Dienststellen und die Presse herausgegeben worden war, hatten Kriminalhauptkommissar Müller und seine Kollegen eine Sonderkommission – »Soko Schwarzwaldbahn« – eingesetzt.

Auf dem Weg in die Innenstadt kam Hubertus Hummel an der Schule vorbei, an der er seit vielen Jahren die Fächer Deutsch, Geschichte und Gemeinschaftskunde unterrichtete.

Ein paar Jugendliche saßen auf dem Gelände des Pausenhofs und zogen mit zusammengekniffenen Augen an ihren Zigaretten. Aus einem Gettoblaster ertönte laute, basslastige Musik, zu der die Gruppe lässig mitwippte. Die jungen Leute schauten eher abschätzig zu Hummel herüber, darunter auch Dominik Schreiner, der Klassenflegel seiner 11a. Er begrüßte seinen Lehrer mit einem aufgesetzt freundlichen und lang gezogenen »Guten Mooorgen, Herr Huuummel«.

Hubertus nickte kurz und machte sich eilig in Richtung Ringanlagen davon, wo einst im Mittelalter der Villinger Stadtgraben gewesen war.

»Hallo, Hubilein«, rief eine Mädchenstimme ihm noch übermütig nach und kicherte laut los. Hatten diese Lümmel am Sonntagmorgen nichts Besseres zu tun, als in der Öffentlichkeit laute Musik zu hören und dumm daherzureden? Wo waren eigentlich die Eltern? Offenbar gehörten sie zu der Generation, die den Lehrern das Erziehen überließ.

Diesen Schreiner würde er sich vor Weihnachten ohnehin noch mal vornehmen. Hummel beschloss, wieder zu strengeren Methoden zu greifen. Das hatte er auch neulich in einer Gesamtlehrerkonferenz gefordert und damit fassungslose Mienen bei einigen Altachtundsechzigern geerntet.

»Mensch, Hubertus, früher warst du doch einer von uns«, hatte ein graubärtiger Kollege gemeint, der seit Urzeiten bei den Grünen aktiv war. Ganz unrecht hatte der Kollege indes nicht. Hummel war tatsächlich mit den Jahren zunehmend konservativer geworden.

Hubertus durchquerte das Riettor, eines der drei verbliebenen Villinger Stadttore. Der Turmzeiger sprang gerade auf halb elf.

An der größten Holzbude des Weihnachtsmarktes erwartete ihn bereits ein schlotternder Klaus. »Huby, lass uns schnell einen Glühwein trinken, sonst erfriere ich hier noch«, sagte der.

Hummel war nach dem langen Spaziergang zwar eher

warm, doch auch er war einem heißen Frühschoppen nicht abgeneigt und nahm einen kräftigen Schluck aus dem klebrigen Keramikbecher, den Klaus ihm in die Hand drückte.

»Hubertus, wir müssen gleich morgen die Ermittlungen fortsetzen. Mir geht diese Edelmann-Sache nicht aus dem Kopf: Wenn du mich fragst, dann haben dieser Sekretär und vielleicht sogar die Edelmann-Spitze ihre Finger im Spiel.«

»Richtig«, entgegnete Hubertus. »Wir haben dieses Déjà-vu mit dem mutmaßlichen Mörder. Und der arbeitet ausgerechnet bei einem Unternehmen, das durchaus ein berechtigtes Interesse an der Ausschaltung Schlenkers gehabt hätte. Hm. Ein bisschen viel Zufall.«

»Und dann war er am Tatabend auch noch in Sachen Edelmann-Brauerei unterwegs – mit seinem eigenen Chef, Dr. Limberger. Ich bin ja mal gespannt, ob der wirklich ein wasserdichtes Alibi hat«, vervollständigte Klaus den Ermittlungsstand.

»Hallihallo«, dröhnte es plötzlich aus dem Hintergrund. Edelbert Burgbacher kam vom Latschariplatz – wo sich die vier Villinger Hauptstraßen kreuzten – daher. »Da habt ihr wohl gedacht, ihr könntet einmal ohne mich saufen, he?« Burgbacher war ein Phänomen – im einen Moment war er Künstler und im nächsten Prolet.

»Nein, wir dachten eher, dass Theaterleute sich vormittags nicht unter die Leute trauen«, konterte Klaus.

»Und das muss ich mir von einem Journalistenlangschläfer sagen lassen. Bei der Verwaltung muss man früher aufstehen als bei der Zeitung, mein Lieber«, gab Edelbert schnippisch zurück, der – sozusagen nebenberuflich – als Sachbearbeiter beim Finanzamt angestellt war.

Zwar war dies eigentlich sein Hauptjob, doch galt sein Wirken und Streben fast ausschließlich der lokalen Kunst.

Das andere, wurde Burgbacher nie müde zu betonen, mache er nur, um seine niederen Bedürfnisse zu bestreiten. Damit meinte er hauptsächlich seinen Trollinger und Reval ohne Filter. Aber mit der Kunst war nicht viel zu verdienen – das war in Villingen-Schwenningen genauso wie anderswo.

Als auch Burgbacher einen dampfenden Glühwein vor sich hatte, kam das Gespräch wieder auf den Mordfall. Nachdem Klaus und Hubertus ihren Gesprächspartner auf den aktuellen Stand gebracht hatten, rief Edelbert: »Spinnt ihr? Die Edelmann-Brauerei würde doch nie eine so durchschaubare Sache drehen, bei der sie selbst in Verdacht gerät. Das sind Profis – die wären cleverer …«

»Edelbertchen, bleib mal schön bei deinen Leisten. Du hast vielleicht Ahnung davon, wie man ein Theaterstück inszeniert, aber von Kriminalistik hast du nun wirklich keinen blassen Schimmer«, fuhr ihm Klaus ins Wort.

»Auch das Theater ist ein Spiegel der Gesellschaft«, gab Edelbert zurück. »Es mag ja die tollsten Sachen geben, aber dass die Edelmänner ihre Finger da im Spiel haben, das glaub ich nie und nimmer. Die würden ja ihre ganze Unternehmensgruppe aufs Spiel setzen.«

Er leerte den halben Becher mit einem Schluck und schien sich nicht einmal den Mund zu verbrennen. »Ermittelt ihr eigentlich wieder auf eigene Faust, oder wird diesmal mit der Polizei zusammengearbeitet?«

Hubertus hatte die letzten Worte gar nicht mehr wahrgenommen, denn am Glühweinstand wandelte eine Frau vorbei. Seine Traumfrau.

Elke, mit eleganten langen Lederstiefeln, in schickem Lederrock, zartgrauem Winterpullover und vor allem: ohne ihren temporären Lebensgefährten Dr. Guntram Bröse.

Sie steuerte den Glühweinstand auf der gegenüberliegenden Seite der Rietstraße an. Offenbar hatte sie ihren Nochgatten nicht gesehen.

Ehe Hubertus auf sich aufmerksam machen konnte, hielt ihn Klaus, der seinem Blick gefolgt war, mit starkem Griff am Ärmel fest. »Nix da, du liebestoller Gockel. Es wird schön hiergeblieben. Wir konferieren gerade über einen sehr wichtigen Fall.«

Dann wandte er sich an Edelbert: »Wir schaffen das auch ohne Kommissar Müller.«

Hubertus schaute benommen. Ihm war flau im Magen. Er wusste nicht so recht, ob es an dem Glühwein lag, den er praktisch auf nüchternen Magen heruntergekippt hatte, oder an der Anwesenheit von Elke, in die er mehr denn je verliebt war.

»Also, ich an eurer Stelle würde meine Ermittlungen zunächst mal auf die Bären-Konstellation konzentrieren. Die waren sich ja nie so recht grün. Von Schlenker weiß ich, dass sein Kompagnon die Brauerei lieber heute als morgen an Edelmann verkaufen wollte«, gab Edelbert zu bedenken.

»Was? Kompagnon? Das wusste ich nicht. In der Öffentlichkeit habe ich immer nur Schlenker wahrgenommen«, staunte Klaus. Der regionale Wirtschaftsjournalismus war wirklich nicht seine Stärke.

»Den gibt es aber: Benzing, der andere, ist die graue Eminenz. Und die Entscheidungen mussten immer gemeinsam gefällt werden«, belehrte Burgbacher, der über die Personalien in der Stadt meist Bescheid wusste, die beiden Freunde.

»Verdammt! Das klingt wirklich interessant. Was meinst du, Huby?«, wollte Klaus den Ball gerade weiterspielen. »Hubertus? Hubertus Hummel?«

Doch der starrte wie gebannt auf die gegenüberliegende Straßenseite. Dort befand sich Elke gerade in einem Plausch mit Stadtrat Schulz, den Hummel und Riesle bei den Ermittlungen zu ihrem letzten Fall unter eher pikanten Umständen angetroffen hatten.

Aber Schulz, ein Mann um die sechzig, der seinen korpulenten Körper mit einem Lodenmantel umhüllte und einen viel zu großen Hut trug, verkehrte offenbar nicht nur in Nachtklubs, sondern ließ auch ansonsten keine Gelegenheit aus, Frauen zu umgarnen. Und gerade hatte er sich, wie es schien, Elke als Opfer ausgesucht. Wie sonst war es zu erklären, dass er sich immer wieder zu ihr hinüberbeugte und ihr offenbar etwas ins Ohr flüsterte?

»Der Schulz, der eine Schleimspur so lang wie von Villingen nach Schwenningen hinter sich herzieht, glaubt wohl, er kann sich alles erlauben, nur weil er im Gemeinderat sitzt und sich zur Lokalprominenz zählt«, schnaubte Hubertus. »Der ist ja noch schlimmer als Anwalt Bröse!«

»Hör mal, Hubertus, hast du das mit diesem Benzing gerade mitgekriegt?«, meinte Klaus genervt. »Lösen wir nun diesen Fall, oder konzentrierst du künftig deine detektivischen Tätigkeiten auf das Liebesleben deiner Exfrau?«

»Getrennt lebende Ehefrau«, empörte sich Hummel, »schließlich sind wir ja nicht geschieden. Im Gegenteil: Ich glaube sogar, dass ...« Hummel geriet ins Stocken und ließ einen wilden Schrei ab, der wie das Röhren eines Schwarzwälder Rothirschs vor dem Kampf mit einem liebestollen Rivalen klang.

Schulz hatte Elke auf die Wangen geküsst und Hubertus damit in unkontrollierbare Rage gebracht.

Er spurtete los. Diesmal griff Klaus ins Leere.

»He!«, rief Hummel und bremste dicht vor Schulz. Das heißt, er versuchte es, schätzte aber seinen Bremsweg auf dem schneebedeckten Kopfsteinpflaster falsch ein und prallte mit solcher Wucht auf den Stadtrat, dass dieser zu Boden ging.

Elke schrie auf, beruhigte sich dann aber schnell wieder und sagte einen Satz, der Hubertus noch mehr auf die Palme brachte: »Entschuldigen Sie, Herr Schulz. Das ist mein Exmann – er hat ein ungeheuer schlechtes Karma.«

Schulz versuchte, die Fassung zu bewahren, rieb sich den Schneematsch vom Mantel, verabschiedete sich mit Küsschen links, Küsschen rechts von Elke und lief kopfschüttelnd in Richtung Münsterplatz davon. Hubertus würdigte er keines Blickes. »Ich bin sehr betroffen, Hubertus«, meinte Elke. »Kann man denn nicht einmal einen Bekannten begrüßen?«

»Du und dein Bussi-Bussi- und Karma-Getue. Sehr betroffen bist du also auch. Was soll dieser ganze Mist?«

Elke sah ihn durchdringend an. »Hubertus, ich bin außerordentlich enttäuscht von dir.«

Sie strich sich den Lederrock zurecht – und weg war sie.

Hubertus stand da wie ein begossener Pudel. Was ihn fast genauso störte wie Elkes Abgang war das Grinsen von Riesle und Burgbacher.

»Elke besucht doch immer Volkshochschulkurse. Das

solltest du auch tun«, spottete Klaus Riesle. »Manche suchen da ihr seelisches Gleichgewicht, aber bei dir würde sich auch einer für das körperliche Gleichgewicht anbieten. Hast du dir denn eigentlich vorgenommen, jeden Tag jemanden über den Haufen zu rennen?«

Hubertus blieb die Antwort schuldig. Der Tag war für ihn ohnehin gelaufen.

7. BÄRENFAMILIE

Hubertus hasste den Montagmorgen. Es war sieben Uhr, und er trottete verschlafen in Richtung Badezimmer. Fast wäre er über einen großen Gegenstand im Flur gestolpert. Mit einem kräftigen Satz rettete sich Hummel gerade noch und hob den Stolperstein hoch: schon wieder das grellbunte Transparent, das Martina am Samstag ihrem Skisprungidol gewidmet hatte.

»Herrgott noch mal! Muss in diesem Haushalt immer alles kreuz und quer herumliegen«, fluchte er mit heiserer Stimme. Die Kälte und der Glühwein vom Wochenende hatten ihm offenbar zugesetzt. Wutentbrannt zerriss er den Karton in mehrere Teile und schmetterte sie gegen die Tür vom Zimmer seiner Tochter, die offenbar noch schlief.

»Es wird Zeit, dass dir eine Frau wieder Ordnung beibringt«, raunzte er in Richtung Kinderzimmer. »Und jetzt: Aufstehen, die Schule wartet.«

Nachdem Hummel heiß geduscht und sich angezogen hatte, stieg er die knarzenden Holzstufen des Einfamilienhauses hinab. Martina streckte ihre sommersprossige Nase durch die Zimmertür.

»Aha, das Fräulein Tochter, das vor aller Welt die Familie Hummel blamiert«, stichelte Hubertus. Als hätte er selbst gestern nicht für eine phänomenale Blamage gesorgt – und das auch noch mitten in der Fußgängerzone seiner Heimatstadt …

Doch Martina war ohnehin noch viel zu müde, um die Bösartigkeiten ihres Vaters zu parieren. Sie erblickte nur die Reste ihres Pappkartons. »He, wie konntest du nur mein tolles Transparent zerrupfen! Das wollte ich mir doch als Erinnerung übers Bett hängen.« Nun war sie wach – und fast den Tränen nahe.

Hummel schüttelte verständnislos den Kopf. Manchmal war er mit der Erziehung eines Teenagers schlichtweg überfordert.

Er brauchte jetzt dringend eine starke Tasse Kaffee mit Milchschaum.

Sogar Martina und Elke schwärmten von seinen morgendlichen Heißgetränken. Elke hoffentlich bald wieder. Aber nach dem Zwischenfall gestern ... Na ja, sie würde sich schon wieder beruhigen, redete sich Hubertus ein.

Als der Kaffeeduft Küche und Esszimmer erfüllte, dauerte es nicht mehr lange, bis Martina in ihrem geblümten Nachthemd auftauchte.

Ehe Hummel sichs versah, hatte sie ihm die Zeitung, die er trotz der frostigen Kälte schon aus dem Briefkasten am Eingangsgatter gefischt hatte, vor der Nase weggeschnappt, während er gerade noch dabei war, dem Milchschaum die entscheidende cremige Konsistenz zu verleihen.

»He, den Sportteil lässt du mir mal schön liegen!«, rief Hummel aus der Küche.

Doch zu spät: Martina hatte ihn schon vor sich liegen und kicherte nach kurzer Zeit los. Hummel jonglierte eilig die Milchkaffees in Richtung Esstisch und warf einen Blick auf die erste Sportseite.

Er traute seinen Augen nicht. Auf einem Foto waren er und Dieter Thoma zu sehen, die auf dem Boden lagen. Es hatte den Anschein, als wollte Hubertus den ehemaligen Skispringer gerade mit frischem Neustädter Pulverschnee einseifen. Das Foto illustrierte eine Glosse des Kurier-Sportredakteurs, den Hummel und Riesle bei dem Skispringen getroffen hatten. Darüber prangte die Überschrift »Zwei Männer im Schnee«.

Während Hummel erst mal einen kräftigen Schluck aus seiner Tasse nahm, um über den Schreck hinwegzukommen, las Martina laut vor: »Das ehemalige Skisprungidol Dieter Thoma bekam die Herzlichkeit der Schwarzwälder beim samstäglichen Skispringen hautnah zu spüren. Ein enthusiastischer Fan aus Villingen rannte den als Fernsehexperten im Einsatz befindlichen Thoma aus Begeisterung sogar um und zwang ihn zu einem unfreiwilligen Bad im Schnee ...«

»Es reicht, Martina«, stöhnte Hubertus und verabschiedete sich wenig später, denn in fünfzehn Minuten begann bereits der Unterricht. Er schickte ein Stoßgebet zum Himmel, dass die Schüler seinen Auftritt weder im Fernsehen noch in der Zeitung gesehen hatten.

Wenn es allerdings um Tratsch ging, war auf seine Schützlinge Verlass. Ausgerechnet Dominik Schreiner, den Hummel paffend auf dem Schulhof angetroffen hatte, sprach Hubertus als Erster an. »Wusste gar nicht, dass Sie mit den Promis so dicke sind«, begrüßte er seinen Klassenlehrer mit hämischem Grinsen, als der gerade den Unterrichtsraum betreten wollte.

Hummel war nicht unvorbereitet. »Immerhin sind Sie

ja in der Lage, die Zeitung zu lesen, Dominik. Da darf ich also bald auf bessere Schulnoten hoffen, nicht wahr?«

Der Hieb saß, denn Hubertus hatte zum Glück die noch in der Nacht eilig fertig korrigierten Aufsätze in seiner vollgepackten braunen Ledertasche dabei, die ihm Elke damals zum Studienabschluss geschenkt hatte.

Bei der Interpretation von »Don Carlos« hatte Schreiner überhaupt keine gute Figur gemacht. Der junge Mann schaute reichlich betreten. Hubertus bedeutete ihm mit dem Kopf, sich ins Klassenzimmer zu begeben.

Auch mit den Leistungen der anderen war Hummel nicht zufrieden. Er musste wieder mal zu einem seiner berühmten Vorträge ansetzen: »Gerade die Figur des Marquis von Posa gibt dem Stück die politische Brisanz. Das macht auch die Aktualität dieses Werks von Friedrich Schiller aus. Der Marquis als Prophet und Held der Freiheit und der politischen Moral«, betete der Lehrer vor.

Von den breit grinsenden Gesichtern, die ihn zu Beginn der Doppelstunde noch begrüßt hatten, war keine Spur mehr.

Immerhin.

Auf dem Weg zur dritten Stunde verfinsterte sich allerdings Hummels Miene wieder, denn er traf den Mathekollegen Meier auf dem Gang zum Lehrerzimmer. Dieser war für seine Lästerzunge allgemein bekannt. Er hatte ein überdimensionales gelbes Geodreieck unter dem Arm und grinste spöttisch. »Gute Arbeit in Neustadt, Hummel. Und da sagt man immer, wir Lehrer hätten kein Durchsetzungsvermögen ...«

Ehe Hummel etwas erwidern konnte, klingelte es zur

nächsten Stunde. Verdammt. Er musste sich etwas Originelles überlegen, ehe er Meier das nächste Mal traf.

Seine Zehntklässler schienen an diesem letzten Schultag schon gedanklich in den Weihnachtsferien zu sein. Jedenfalls lauschten sie brav Hummels Ausführungen über den deutschen Föderalismus und die Bundesländer und malten eifrig seine überdimensionierten Schaubilder ab, die einfach nicht auf die Tafeln passen wollten.

Themen der politischen Grundbildung konnte Hummel aus dem Ärmel schütteln. Die mangelnde Vorbereitungszeit merkte man ihm glücklicherweise überhaupt nicht an.

Nach der fünften Stunde war Schluss. Hubertus hatte sich mit Klaus zur Recherche in der Schwenninger Bären-Brauerei verabredet. Er lief durch die tief verschneiten Ringanlagen, die wie ein Parkstreifen die Villinger Altstadt und die Reste der historischen Stadtmauer umrundeten. Dann überquerte er den Romäusring, um vor dem Theater am Ring auf seinen Freund sowie dessen alten Opel Kadett zu warten.

Als Riesle schon zehn Minuten überfällig war, wollte Hummel ihn vom Handy aus anrufen. Plötzlich tauchte ein knallroter alter Fiat Panda auf und kam rutschend an der Bushaltestelle vor dem Theaterfoyer zum Stehen. Hinter dem Steuer saß Klaus mit genervtem Gesichtsausdruck.

» Mensch, Klaus, mit was für einer Kiste fährst du denn herum?«, fragte Hummel verwundert, als er in den Wagen stieg.

» Du wirst es nicht glauben, aber mein Wagen hatte heute Morgen auf dem Weg zur Redaktion einen Motorschaden«, berichtete Riesle zerknirscht. »Deshalb musste ich mir dieses Gefährt von meiner neuen Freundin ausleihen.«

Das Wort »Auto« mied er als leidenschaftlicher Renn- und Stockcarfahrer geflissentlich. 40 PS an Motorisierung waren ihm einfach zu wenig.

»Was höre ich da? Neue Freundin? Seit wann das denn? Davon hast du mir ja noch gar nichts erzählt. Und vor allem: Wer ist die Holde?«, löcherte Hummel seinen Freund in einer Mischung aus Neugier und Empörung, dass der ihm diese Nachricht in den letzten Tagen verschwiegen hatte.

»Ist ja auch ganz frisch: Sie ist Lehrerin. Ich lasse mich durch solche Dinge jedenfalls nicht von unserem Fall ablenken«, antwortete Klaus ironisch und erntete einen Juchzer seines Beifahrers.

»Eine Kollegin von mir! Na, das ist aber mal was Neues. Doch nicht etwa vom Romäus?«, forschte Hummel weiter.

»Nein, sie ist an der Hauptschule am Deutenberg in Schwenningen«, erläuterte Klaus eher wortkarg, was sonst nicht unbedingt seine Art war.

Ehe Hummel weitere Fragen stellen konnte, lenkte Riesle ab. »Lass uns endlich über den Fall reden. Ich hab schon Erkundigungen eingezogen, Huby.« Klaus jagte den Wagen die sogenannte Schwenninger Steige hoch und drückte dabei das Gaspedal bis zum Anschlag. Doch das Gefährt wollte die Steigung einfach nicht schneller nehmen. Hummel war darüber sogar froh, denn sein Freund ließ seinen Puls mit seiner sonst so rasanten Fahrweise regelmäßig in die Höhe schnellen.

»Dr. Schlenker muss einen Riesenkrach mit diesem

Kompagnon Alfons Benzing gehabt haben. Der Kollege Bieralf von der Schwenninger Kurier-Redaktion hat mir erzählt, dass die sich am Rande einer Sitzung des Gewerbevereins neulich ein lautstarkes Wortgefecht geliefert haben. Es stimmt, was Edelbert gesagt hat.«

Klaus und eine Lehrerin. Hubertus schüttelte immer noch den Kopf. Sollte er den Freund weiter ausquetschen? Dann fing er sich jedoch: »Und worum ging es bei diesem Streit?«, wollte er wissen.

»Das hat er leider nicht mitbekommen. Aber er nimmt stark an, dass es um ein Übernahmeangebot der Edelmann-Brauerei gegangen sein muss.«

»Na, dann werden wir uns diesen Benzing mal vornehmen und ihn fragen, was für ein Problem er mit Schlenker gehabt hat«, beschloss Hummel, als sie gerade das neue Klinikum zwischen Villingen und Schwenningen passierten. Auf Höhe der Polizeifachhochschule fragte Hummel: »Hast du auch etwas über Schlenkers Familie herausgefunden?«

»Er führte offenbar eine Vorzeigeehe. Fünf Kinder, davon drei bereits erwachsen. Einer hat sogar Bierbrauer gelernt«, erzählte Klaus.

»Da kann ich ja gut verstehen, dass Schlenker die Traditionsbrauerei nicht in fremde Hände geben wollte«, ergänzte Hummel.

Die Blitzerampel an der Kreuzung schaffte Klaus gerade noch bei Dunkelgelb.

Hummel räusperte sich demonstrativ.

»Mit meinem Opel hätte das locker gereicht«, verteidigte sich Riesle.

Hummel erinnerte sich an seine Blaulichtfahrten mit

dem Krankenwagen während des Zivildienstes. Damals hatte es einen Riesenspaß gemacht, wenn die Ampel rot gewesen war und es blitzte. Kostete ja nichts, war ja ein Notfall. Und einige Male hatten sie die Bilder der Radarfalle hinterher sogar von der Polizei auf die Dienststelle geschickt bekommen.

Riesle und Hummel fuhren weiter in Richtung Schwenninger Bahnhof, bis links der »Bärenturm« auftauchte – ein in der Sonne glitzernder Glaspalast mit blauen Stahlverstrebungen.

Diesen hatte die Brauerei auf den Mauern eines ehemaligen Sudhauses errichtet, als das Biergeschäft noch geboomt hatte.

Hummel beugte sich nach vorne und drehte den Kopf nach oben. Sie fuhren unter der Bärenfamilie hindurch. Die Figuren aus Stahl waren nach dem Vorbild von »Brehms Tierleben« und Bären im Basler Zoo angefertigt worden; mittlerweile waren sie sogar zu einem Wahrzeichen Schwenningens avanciert. Fast hätten sie sogar das Wappentier der Neckarstadt, den Schwan, abgelöst.

Klaus parkte vor dem alten Postgebäude. Sie liefen das kurze Stück zum Bärenpark, dem Areal der Brauerei, kamen unbehelligt am Pförtner vorbei und betraten den Aufzug, der zum Penthouse des Glaspalastes führte. Ein auf Hochglanz poliertes Schild wies darauf hin, dass die Vorstandschaft ihr Büro im obersten Stockwerk hatte.

Sie betraten das Vorzimmer. Eine junge Frau mit schwarz gerahmter Brille saß hinter einem tresenartigen Schreibtisch zwischen großen Zimmerpflanzen und telefonierte. Ihre Augen waren offenbar von Tränen gerötet.

Der Tod ihres Chefs schien ihr sehr nahegegangen zu sein. Sie drückte kurz eine Hand auf die Sprechmuschel des Hörers und fragte: »Ja, bitte?«

»Wir ermitteln im Mordfall Ihres Chefs. Können wir bitte Herrn Dr. Benzing sprechen?«, fragte Klaus halb flüsternd. Zum Glück trug er heute einen langen, beigen Trenchcoat im Stile Columbos.

Die Sekretärin schien Riesle und Hummel für Kripobeamte zu halten. Sie meldete sie nicht an, sondern wies matt mit der Hand auf eine der Türen.

Hummel klopfte sanft.

»Ja? Was ist denn nun schon wieder?«, rief jemand aus dem Büro.

Hubertus und Riesle traten ein. Drinnen standen zwei Männer hinter einem großen, schweren Eichenschreibtisch. Mit Papier gefüllte Kartons und Ordner waren überall im Raum verteilt.

»Guten Tag, die Herren. Das ist mein Kollege Herr Hummel, mein Name ist Riesle. Wir ermitteln im Mordfall Schlenker und würden gern mit Herrn Benzing sprechen«, sprach Klaus mit fester Stimme. Mittlerweile hatte er Übung darin, als selbstsicherer Ermittler aufzutreten. Hubertus hingegen schwieg in solchen Situationen lieber. Auch die beiden Herren am Schreibtisch schienen sie für Polizeibeamte zu halten. Der eine von ihnen, ein älterer mit Glatze und grauem Zweireiher, wies den anderen an, den Raum zu verlassen.

Als dieser wortlos aus dem Zimmer verschwunden war, stellte sich der erste als Dr. Benzing vor und hakte nach: »Darf ich bitte Ihre Dienstausweise sehen?«

»Wir sind nicht von der Kripo, Herr Benzing. Wir sind

Privatdetektive und ermitteln im Mordfall Ihres Kompagnons«, gab Klaus zurück.

»Dann darf ich Sie bitten, umgehend mein Büro zu verlassen!«

Benzing wies mit wütendem Blick in Richtung Tür.

»Herr Dr. Benzing«, sagte Hummel beschwichtigend, »wir ermitteln mit Unterstützung der Polizei. Und wir waren sogar unmittelbare Zeugen des Mordes an Dr. Schlenker.«

»Das interessiert mich überhaupt nicht.« Benzing ließ sich nicht beirren.

Der kleine, untersetzte Mann bewegte sich auf Klaus und Hubertus zu und wollte sie aus dem Zimmer drängen. Gerade als sie mit dem Rücken zur Tür standen, ging diese mit einem Ruck auf, wodurch Hummel und Riesle zurück ins Zimmer geschubst wurden.

Eine elegante Dame in dunklem Kostüm mit Hut hatte sich abrupt Zugang zu dem Büro verschafft. Ihr Gesicht war aschfahl und wies tiefe Falten und Augenringe auf. Sie mochte Ende vierzig sein.

Ehe sichs die Männer versahen, schrie sie Benzing an: »Alfons, wie konntest du es wagen, Peters Büro räumen zu lassen? Das ist wirklich unglaublich!«

Benzing sagte nichts. Sein Blick wurde aber sichtlich nervöser. Auf seiner Stirnglatze bildeten sich kleine Schweißperlen.

Die energische Dame fuhr mit ihrer Schimpfkanonade fort. »Der Prokurist, dieser Herr Maier, ist gerade zu mir gekommen und hat es mir erzählt. Hast du denn weder Anstand noch Pietät?«

»Hannelore, was soll ich denn machen?«, fragte Benzing und entledigte sich seines Jacketts. Sein weißes Hemd wies dunkle Schweißflecken auf.

»Ich muss doch die Geschäfte weiterführen. Dafür benötige ich dringend Unterlagen, die sich in Peters Büro befinden.«

»Verkauf mich nicht für dumm! Du willst die Geschäfte nicht weiterführen, du willst die ganze Brauerei loswerden – und zwar an Edelmann!« Schlenkers Gattin wurde noch lauter. »Am Ende hast du etwas mit dem Mord an Peter zu tun ...«

Sie begann zu schluchzen und ein Taschentuch mit Spitzen aus ihrem Handtäschchen hervorzuziehen. Ein Geruch von Kölnischwasser breitete sich aus.

»Rede doch keinen Unsinn, Hannelore. Es tut mir schrecklich leid, was deinem Mann zugestoßen ist. Aber was hätte ich von seinem Tod gehabt? Jetzt bleibt die ganze Arbeit an mir hängen«, verteidigte sich Benzing.

Klaus wagte es, sich einzumischen. »Hatten Sie mit Peter Schlenker denn nicht eine Auseinandersetzung wegen des Übernahmeangebots der Edelmänner?«

»Wer sind denn die beiden?«, fragte Hannelore Schlenker irritiert, als hätte sie Hummel und Riesle erst jetzt bemerkt.

Benzing ging erst gar nicht darauf ein. »Jetzt reicht's!«, brüllte er mit hochrotem Kopf. »Raus! Alle raus aus dem Büro! Ich lasse mich hier doch nicht als Mörder anklagen!«

»Aber Herr Dr. Benzing«, meinte Hummel, »Sie sollten uns vertrauen. Wir sind eigentlich eher zufällig in den Fall hineingerutscht und versuchen nun ...«

Doch Benzing jagte eine nun restlos empörte und aufgelöste Hannelore Schlenker mitsamt den Hobbydetektiven aus dem Raum.

Draußen nutzten sie die Gunst der Stunde. Sie stellten sich der Witwe vor, sprachen ihr Beileid aus und erzählten im Aufzug, wie sie ihren Mann erdrosselt aufgefunden hatten. Das eine oder andere pikante Detail ließen sie lieber aus.

»Das ist ja grauenhaft«, schluchzte sie los.

Hubertus schaute Klaus etwas hilflos an, woraufhin dieser sich ruhig an die weinende Dame wandte und erklärte: »Wissen Sie, wir möchten Ihnen nur helfen, gnädige Frau.«

Klaus gibt einen wirklich prächtigen Witwentröster ab, dachte Hubertus.

Hannelore Schlenker willigte ein: »Also gut. Lassen Sie uns in unseren Gasthof ›Zum Bären‹ direkt gegenüber gehen.« Und nach einer kurzen Pause fuhr sie fort: »Solange es den überhaupt noch gibt.«

Sie ließen den »Bären-Tower«, wie er im Schwenninger Volksmund ironisch genannt wurde, hinter sich, überquerten die Straße und traten in den alten Gasthof ein, wo 1797 die Schwenninger Brauereikunst ihren Anfang genommen hatte. Im Laufe von über zweihundert Jahren war der Betrieb zu einer der größeren Brauereien der Region angewachsen. Zumindest die Gaststätten im Stadtteil Schwenningen und Umgebung boten ausschließlich das Bären-Bräu feil.

Nach exakt sieben Minuten standen drei goldgelbe, frisch gezapfte Bären-Pils auf der Theke der Gaststube, in der sich schon einige durstige Kehlen aufhielten.

Die beiden Freizeitermittler nahmen einen kräftigen Schluck. Bevor Hubertus das Glas wieder absetzte, blickte er auf den Bierdeckel vor sich.

»Ob Mann, ob Frau, ein jeder merke: In diesem Bier liegt Bärenstärke«, stand darauf.

Riesle begann unverzüglich mit der Befragung: »Frau Schlenker, können Sie sich vorstellen, warum jemand Ihren Mann umgebracht haben könnte? Hatte er Feinde?«

»Von Feinden wüsste ich eigentlich nichts. Aber: Mein Mann war Benzing im Weg«, antwortete Frau Schlenker. Sie kämpfte erneut mit den Tränen. »Hätte Benzing denn wirklich etwas vom Tod Ihres Mannes gehabt?«, fuhr Hubertus fort. »Ich meine: Die Anteile gehen doch jetzt auf Sie über. Und Sie werden das Übernahmeangebot der Edelmänner doch ebenso ausschlagen, wie Ihr Mann es getan hätte, nicht wahr?«

»Das ist es ja gerade«, antwortete Hannelore Schlenker im Flüsterton.

Sie schien nun tatsächlich Vertrauen gefasst zu haben und bedeutete Hummel und Riesle mit einem zaghaften Wink, näher zu kommen. »Der Gesellschaftervertrag zwischen Benzing und meinem Mann sah vor, dass im Falle des Ablebens eines der beiden die Anteile zwar an die Familie fallen. Doch die Stimmrechte sollten dann für sechs Monate an den jeweils verbleibenden Hauptgesellschafter gehen. Dieser Passus wurde eingefügt, damit der Nachfolger sich erst ins Geschäft einarbeiten kann.«

»Verstehe«, meinte Klaus. »Und somit könnte Benzing nach der Testamentseröffnung auch über den Verkauf Ihrer Anteile verfügen, wenn er sich beeilt.«

Frau Schlenker nickte und kniff die Lippen zusammen.

»Das ist ja der Haken an der ganzen Sache. Die Klausel hatten die beiden vor vielen Jahren vereinbart, um die Handlungsfähigkeit des Unternehmens für den Fall eines Wechsels zu gewährleisten. Als das Geschäft noch so blendend lief, dachte ja niemand auch nur im Traum daran, die Bären-Brauerei abzustoßen.«

»Und trauen Sie Benzing zu, Ihren Mann umgebracht oder zumindest einen Mord in Auftrag gegeben zu haben?«, setzte Klaus nach.

Sie nickte. »Benzing würde sogar seine ganze Familie verkaufen, wenn es ihm genügend Profit bringen würde«, sagte sie verbittert.

Fünf Minuten später verabschiedeten sich Hummel und Riesle höflich und traten vor den Gasthof. Die Sonne überflutete den kleinen Vorplatz.

Ihnen war schummrig von dem zu schnell getrunkenen Bier.

Sie blickten auf den gegenüberliegenden Brauereitrakt. Der Büroturm funkelte im Sonnenlicht. Auch das Bären-mosaik, das in den Achtzigerjahren am ehemaligen Sudhaus angebracht worden war, glitzerte.

»Wir müssen nach Donaueschingen zu den Edelmännern, Huby«, sagte Klaus.

Vielleicht würde es bald vorbei sein mit der Herrlichkeit der Schwenninger Brauereikunst.

8. DONAUQUELL

Gegen fünfzehn Uhr befand sich das Duo auf der B 27 in Richtung Donaueschingen. Beiden knurrte zwar der Magen vor Hunger, aber der Fall hatte nun absoluten Vorrang. Zumal sich Holger Baumann, der Pressesprecher der Edelmann-Brauerei, per Handy doch noch kurzfristig zu einem Treffen an der Donauquelle neben dem Donaueschinger Fürstenschloss bereit erklärt hatte.

Zwar hatte er sehr reserviert auf Klaus' Anruf reagiert, sich aber daran erinnern lassen müssen, dass er Riesle noch ein paar Gefallen wegen diverser PR-Tipps schuldete, die er dem Edelmann-Sprecher bei Spielen des Schwenninger ERC gegeben hatte.

Klaus parkte den Panda auf Höhe des Schlosstraktes. Als sie die Stufen zum allgemein begehbaren Park hinabstiegen, erblickten sie bereits Baumann, der sich ans Geländer des Donauquellrondells gelehnt hatte und hastig an einer Zigarette zog. Zur Linken hatte man einen schönen Blick auf den ausgedehnten Schlosspark, der im Licht der wärmenden Nachmittagssonne auch verschneit sehr herrschaftlich und elegant wirkte.

»Hallo, Holger«, rief Riesle ihm zu.

Als Baumann Hummel erblickte, verfinsterte sich seine Miene. »Ach, du hast wieder deinen Freund dabei, der neulich grundlos die Pferde scheu gemacht hat«, bemerkte er. »Ich bekomme ohnehin schon Scherereien, wenn herauskommt, dass ich mich mit dir treffe, Klaus. Bei uns ist momentan wirklich der Teufel los ... «

Riesle näherte sich Baumann und erklärte ihm, warum sich sein Freund beim Skispringen auf den Privatsekretär des Brauereichefs gestürzt hatte.

Hummel hielt sich einen Moment lang abseits und ließ seinen Blick umherschweifen, zumal er das letzte Mal als Kind an der Donauquelle gewesen war.

An der Wand, die von der Pfarrkirche mit ihren Zwillingstürmen überragt wurde, hingen Grußtafeln in verschiedenen Sprachen.

Hummel las eine aus Ungarn: »Gott segne den Ort ihres Ursprungs.« Ob es sich hier überhaupt um die echte Donauquelle handelte, darüber stritt sich noch heute die Baarstadt Donaueschingen mit der Schwarzwaldstadt Furtwangen. Letztere beanspruchte die Quelle des fast dreitausend Kilometer langen Flusses für sich, da sich der Ursprung des längeren Zubringerflusses Breg in ihrem Einzugsgebiet befand.

»Brigach und Breg bringen die Donau zu Weg«, murmelte Hubertus vor sich hin und lächelte. Seine Mutter hatte ihm einst diesen Reim beigebracht.

Für die Donaueschinger jedoch war die Donauquelle eindeutig im Schlosspark. Dort entsprang ein kleines Bächlein, das Wasser wurde in dem künstlich angelegten Rondell gesammelt und ergoss sich ein paar Meter weiter in die Brigach. Viele Schwarzwaldtouristen zog es hierher.

Ein romantischer Platz, irgendwie.

»Gut, der Mord passierte also vergangenen Freitagabend.« Holger Baumann war immer noch ins Gespräch mit Klaus vertieft. »Einen Moment. Ich zeig's dir.«

Der Edelmann-Pressesprecher zog sein iPhone hervor und tippte darauf herum. »Freitagnachmittag hatten wir die Vorstellung unseres neuen Mischgetränks. Solltest du unbedingt mal probieren, Klaus. Der Absatz ist sehr gut angelaufen.«

Riesle warf Hummel einen ungeduldigen Blick zu.

»Du kannst von Glück sagen, dass ich so gut Buch führe. Wir hatten um sechzehn Uhr dreißig die Pressepräsentation mit dem Chef, also mit Dr. Limberger, und auch der Fürst zu Fürstenberg höchstpersönlich war da«, fuhr Baumann fort.

Klaus wurde noch ungeduldiger: »Jetzt spuck's schon aus, Holger. War Dold auch dabei?«

Baumann stierte weiter auf sein elektronisches Gerät. Er machte es spannend. »Rüdiger Dold war auch dabei«, sagte er schließlich und blickte auf. »Und was den Freitagabend anbelangt, muss ich dich enttäuschen. Ich kann sein Alibi höchstpersönlich bezeugen.«

»Na, dann lass mal hören!«

»Gemeinsam mit Dr. Limberger haben wir auf den Erfolg der Aktion im Parkrestaurant angestoßen«, erklärte der Edelmann-Pressesprecher.

»Und für welche Uhrzeit können Sie sein Alibi bezeugen?«, mischte sich nun wieder Hubertus ein.

Baumann betrachtete ihn abschätzig, ehe er antwortete: »Gegen Mitternacht habe ich mir ein Taxi gerufen. Da waren Limberger und Dold immer noch in trauter Runde vereint.«

»War Dold nicht zwischendurch mal weg?«, wollte Klaus wissen.

Baumann zögerte. »Klaus, du weißt, was für mich davon abhängt. Solltest du daraus einen schmutzigen Artikel basteln, steht mein Job auf dem Spiel.«

Klaus nickte.

»Okay, also, Dold war zwischendurch mal weg. Er sagte, er müsse dringend zwei Telefonate führen. Ich habe nicht genau darauf geachtet, aber länger als eine Stunde war das sicher nicht.«

Baumanns Stimme wurde lauter. »Ihr seid doch bescheuert, wenn ihr annehmt, dass Rüdiger Dold sich kurz entschuldigt, irgendwo zig Kilometer weiter in die Schwarzwaldbahn einsteigt, den Schlenker umbringt, aus dem Waggon springt, blitzschnell zurück nach Donaueschingen fährt und sich einfach so wieder zu uns setzt.«

»Das ist Unfug, vergesst Dold.«

»Eine Stunde für zwei Telefonate?«, fragte Hubertus. Nun war er in seinem Element. Hubertus Hummel, Lehrer aus Bestimmung, aber vor allem: Kämpfer für die Wahrheit. Integer. Unbestechlich. Akribisch.

»Wie schätzen Sie Dold denn persönlich ein? Ist er zuverlässig? Kann man ihm so eine Tat zutrauen?«

»Dold ist ein absolut korrekter Mensch. Immer gut gekleidet, immer zur Stelle, Tag und Nacht für den Chef erreichbar. Er ist zwar kein Freund von mir, aber nein, einen Mord traue ich ihm wirklich nicht zu«, sagte Baumann. »Ich verstehe ohnehin nicht, warum Edelmann in Verbindung mit Schlenkers Ermordung gebracht wurde. Bei uns hagelt es schon Drohbriefe und anonyme Anrufe.«

Sie spazierten den schneebedeckten Kiesweg am Rand des Schlossparks zu der Stelle, wo sich das unterirdisch kanalisierte Bächlein am sogenannten Donautempel in das Flussbett der Brigach ergoss.

»Wir haben ja auch beileibe keine feindliche Übernahme der Bären-Brauerei geplant. Es ging um ein freundliches und großzügiges Kaufangebot – und das in weiß Gott schlechten Zeiten«, verteidigte sich Baumann.

Er steckte das iPhone wieder ein und wollte sich offenbar eilig verabschieden.

»Eine Frage noch«, hielt Klaus ihn zurück. »Hast du schon mit der Polizei gesprochen?«

»Ich nicht«, antwortete der Pressesprecher, »aber Herr Dr. Limberger – und vielleicht auch Dold.«

Holger Baumann suchte endgültig das Weite und ließ Riesle und Hummel allein in dem steinernen Pavillon stehen. Sie blickten ins Flussbett, das von schneebedeckten Eisschollen durchzogen war. Das Wasser suchte sich zwischen den Eisformationen seinen Weg. Es war nicht immer der geradlinigste – genau wie in ihrem Fall.

Auf der Rückfahrt nach Villingen hatten die Freunde viel zu besprechen.

»Lass uns die ganze Sache noch mal durchgehen«, sagte Klaus. »Huby, wann genau hast du Dold im Zug zum ersten Mal gesehen?«

Hubertus dachte nach. »Auf dem Weg zur Toilette. Hornberg. Kurz nach dem Halt in Hornberg stand er an einem Fenster«, erinnerte er sich.

Klaus rekonstruierte weiter: »Dann wird er in Hornberg eingestiegen sein.«

Hubertus übernahm wieder. »Von Donaueschingen nach Hornberg braucht man bei dem Wetter mindestens fünfundvierzig Minuten, auch wenn man rast.«

»Fünfunddreißig Minuten«, ergänzte Klaus, der Rennfahrer.

» Also gut – von mir aus fünfunddreißig «, sagte Hubertus. » Er steigt also in den Zug ein, ermordet innerhalb der nächsten halben Stunde Schlenker, springt beim Kirnacher Bahnhof wieder heraus und kommt irgendwie zurück nach Donaueschingen, obwohl sein Auto dann noch in Hornberg gestanden haben müsste. «

Riesle überlegte. » Vielleicht hatte er einen Komplizen? «

» Dennoch «, erklärte Hubertus. » Das schaffst du nie und nimmer in einer Stunde. «

» Es sei denn, mein Kumpel Holger hat sich getäuscht «, meinte Riesle.

» Oder die stecken alle unter einer Decke, und das Alibi ist falsch «, mutmaßte Hubertus.

» Aber wenn Holger lügen würde, hätte er doch gleich behaupten können, dass Dold den ganzen Abend durchgehend bei ihnen war «, wandte Riesle ein.

» Es bleibt rätselhaft. « Hubertus zuckte mit den Schultern. » Was stand eigentlich gestern und heute in der Zeitung? «

Riesle wusste natürlich Bescheid. » Ich habe momentan Spätdienst, ich kann dir das ganze Blatt auswendig aufsagen. Gestern beispielsweise war eine schöne Geschichte über einen Lehrer, der sich Dieter Thoma an den Hals geworfen hat. «

» Klaus «, unterbrach Hubertus, während rechter Hand die Silhouette der Bad Dürrheimer Salztürme zu sehen war. » Ich meine natürlich über den Mord. «

Riesle nickte und wurde wieder ernst: » Also, es gibt nichts Neues. Die normalen Polizeiberichte von wegen: Die Ermittlungen laufen auf Hochtouren. Und: keine heiße Spur. Einen Teufel werde ich tun, vorab die Rechercheergebnisse zu verbreiten. Das hebe ich mir für den Schluss auf. Das wird eine Megageschichte, Huby.«

Hubertus war wie immer der Vorsichtigere von beiden: »Meinst du nicht, wir sollten Kommissar Müller mal wieder anrufen? Oder wenigstens diesen Winterhalter? Der schien mir etwas zugänglicher.«

Klaus winkte ab: »Warum denn? Erst wenn wir was Entscheidendes wissen. Noch haben wir nur Verdachtsmomente, keine Beweise.«

Kurz darauf lenkte er den Wagen am Villinger Friedhof vorbei. »Ich setze dich in der Innenstadt ab. Sollte nämlich noch nach Schwenningen, meine Liebste abholen.«

»Darüber hätte ich jetzt gerne endlich mal genauere Informationen«, fiel Hubertus ein. Vor lauter Elke und Mord war dies wirklich in den Hintergrund gerückt. »Wohnt die denn auch in Schwenningen?«

»Ja, beim Uhrenmuseum«, bestätigte Riesle kurz. »Lass uns jetzt erst einmal zwei Tage Pause machen. An Heiligabend und am ersten Feiertag erreichst du eh niemanden, und am sechsundzwanzigsten treffen wir uns wieder im Bistro.«

Hubertus widersprach nicht. Verständlich, dass Klaus etwas Zeit mit seiner neuen Freundin verbringen wollte.

Und er?

Mal sehen.

9. STILLE NACHT

Heiligabend. Weihnachten, das Fest der Liebe, auf das sich Hubertus immer schon seit Oktober freute.

Dieses Jahr war das anders. Wenn nicht noch etwas Unvorhergesehenes passierte, würde es eine im wahrsten Sinne des Wortes stille Nacht werden.

Zwar hatte er Elke in ihrem Ein-Zimmer-Apartment mindestens fünf Mal auf den Anrufbeantworter gesprochen, sich für seinen Auftritt in der Rietstraße entschuldigt – »Wir Hummels sind nun mal impulsiv, Schatz« – und sie gebeten, baldmöglichst zurückzurufen, doch bislang war ihr Rückruf ausgeblieben. Dabei ließ er sein Handy mittlerweile sogar nachts an, weil er hoffte, vielleicht würde sich Elke, von weihnachtlicher Einsamkeit übermannt, bei ihm melden.

Elke wohnte mittlerweile im Stadtbezirk Marbach in einem der Hochhäuser des Terra-Wohnparks, die dreieckig über den kleinen Ort ragten.

Ihre Telefonnummer hatte er von Martina.

Er versuchte es ein letztes Mal, wie er sich einredete, doch wieder meldete sich der Anrufbeantworter – und der sagte etwas, was ihm die vergangenen Male auch schon negativ aufgefallen war: »Hier ist Elke Riegger.«

Riegger.

Ihr Mädchenname. Es versetzte ihm einen Stich.

»Elke, wenn du da bist, dann nimm bitte ab«, rief er in den Hörer.

Nichts.

»Elke, ich weiß, dass du da bist.« Schweigen.

Er legte auf.

Verdammt. Wo sie wohl stecken mochte? Bitte nicht bei Anwalt Bröse oder bei diesem Stadtrat Schulz …

Den späten Vormittag verbrachte Hummel damit, etwas Ordnung im Haus zu schaffen. Genauer gesagt: Er entdeckte im Schlafzimmer in einer Kiste einige persönliche Sachen von Elke, darunter auch Briefe, die sie sich gegenseitig geschrieben hatten. Er konnte sich kaum davon losreißen.

Eher widerwillig packte er den Weihnachtsschmuck aus und behängte damit provisorisch die kleine Tanne, die er erstanden hatte. Elke war ganz eindeutig kreativer als er. Wehmütig erinnerte er sich daran, wie er manches Mal über die vielen Strohsternchen, Laternchen und Figürchen gelästert hatte, die Elke in irgendwelchen Volkshochschulkursen angefertigt hatte. Er strich ein Sternchen zwischen seinen Fingern glatt und hängte es ans Flurfenster, von dem aus man in den verschneiten Garten sehen konnte.

Wo war eigentlich Martina? Im vergangenen Jahr hatte er beschlossen, sich mehr um sie zu kümmern, doch jetzt überlagerten seine eigenen Probleme die Erziehung der Tochter.

Er seufzte.

Es war Zeit, sich auf den Weg in die Innenstadt zu machen.

Der munter fallende Schnee verstärkte seine Melancholie nur noch. In der Fußgängerzone brannten die Lichter der Weihnachtsbäume, die im stadteigenen, riesigen Wald gefällt worden waren. Es herrschte eine schöne, wenn auch etwas hektische Stimmung.

Hubertus kam es vor, als wären außer ihm nur Pärchen unterwegs. Nein, nicht nur, denn da kam ein einzelner Mann auf ihn zu.

»Herr Hummel, Sie haben sich gar nicht mehr bei uns gemeldet«, sagte Müller.

»Herr Kommissar!«, antwortete Hubertus überrascht. Vor lauter Kummer hatte er den Fall fast vergessen. »Gibt es denn etwas Neues?«

»Keine konkrete Spur«, meinte Müller, nahm die vom Schneetreiben nasse Brille ab und putzte die Gläser. »Wir hatten einen Verdächtigen, doch der hat ein sicheres Alibi. Mehr möchte ich dazu nicht sagen.«

»Dold?«

Müller sah ihn streng an: »Herr Hummel, ich habe Ihnen eben schon auf den Anrufbeantworter gesprochen und um einen Rückruf gebeten, aber da waren Sie offenbar bereits außer Haus. Jetzt sage ich es Ihnen direkt: Wir schätzen es überhaupt nicht, wenn Sie auf eigene Faust recherchieren. Sie sind Zeuge in einem Mordfall – und ich möchte Sie bitten, das auch Ihrem Freund Riesle klarzumachen. Ich verstehe durchaus, dass er gerne eine Sensationsgeschichte hätte, aber hier geht es um Wichtigeres!«

Müller wusste also Bescheid. Kein Wunder.

»Wir wollten ja schon Kontakt zu Ihnen aufnehmen, waren uns aber nicht sicher und wollten keinen Unschuldigen belasten«, sagte Hubertus leise und fühlte sich wie ein ertappter Schüler. »Und Herr Dold scheint ja wirklich unschuldig zu sein.«

»Halten Sie sich aus der Sache einfach heraus, Herr Hummel.«

Hubertus versuchte das Thema zu wechseln: »Wie verbringen Sie denn Heiligabend, Herr Hauptkommissar?«

Müller sah ihn durchdringend an und meinte dann: »Meine Frau und ich fahren nachher zum Adventssingen nach Rottweil. Ich wünsche Ihnen ein frohes Fest – und beherzigen Sie bitte meinen Rat.«

»Frohes Fest«, entgegnete Hubertus matt und lief weiter.

Auf den nächsten achtzig Metern traf er dreimal Bekannte – drei Pärchen, darunter sein Direktor in Begleitung seiner Gattin. Normalerweise kam er mit dem Rektor gut aus, heute jedoch war Hubertus kurz angebunden.

Er wendete und lief zu seinem Stammmetzger, um den Schinken abzuholen, den er geordert hatte. Ein großes Stück würde es dieses Jahr nicht sein: Weihnachten zu zweit mit Martina. In seiner Not hatte er sogar Klaus gefragt, ob er mit ihnen feiern wollte. Doch der hatte dankend abgelehnt. Die Lehrerin …

Mit klopfendem Herzen kam er nach Hause. Sein erster Weg führte ihn zum Anrufbeantworter. Der blinkte. Der Digitalanzeige war zu entnehmen, dass zwei Anrufe eingegangen waren. Wenigstens einer von Elke?

Der erste war von Kommissar Müller. Kurz angebunden bat er um einen baldigen Rückruf.

Die zweite Nachricht: »He, Martina, ruf mich doch mal zurück. Wir gehen heute Abend doch noch weg, oder?« Eine junge männliche Stimme.

Na, toll. Noch nicht mal mit Namen gemeldet hatte sich dieser Typ.

An Heiligabend ausgehen ... Da blieb man doch zu Hause, begab sich allenfalls gegen Mitternacht zum traditionellen Kuhreihen auf den Latschariplatz.

Hubertus zog sich seine Moonboots aus, mit denen er in der Stadt gewesen war und die jetzt den Boden volltropften.

Also gut, eine Chance hatte sie noch. Er wählte wieder Elkes Nummer.

Das erste Freizeichen.

Das zweite.

Das dritte.

»Hummel«, meldete sich eine weibliche Stimme.

Hummel! Nicht Riegger.

Hubertus' Herz pochte wie wild.

»Elke?«, fragte Hubertus. Eigentlich war er gar nicht auf sie vorbereitet.

»Ja?«, fragte sie zurück. Etwas genervt, wie es Hubertus schien. Wahrscheinlich ärgerte sie sich, dass sie sich aus purer Gewohnheit mit Hummel gemeldet hatte.

»Elke, möchtest du ... äh ... also ... feiere doch heute mit uns«, stotterte Hubertus.

Wieder Pause.

Elke fasste sich. »Hubertus, das möchte ich nicht.«

In Hummel regte sich der Ärger. »Feierst du bei Bröse? Oder bei Schulz?«, fragte er – und biss sich gleich darauf auf die Zunge.

»Entschuldigung. Aber Martina braucht dich. Und, äh, ich auch.«

»Hubertus, es geht dich eigentlich nichts an. Aber ich

sage es dir trotzdem: Ich feiere bei meinen Eltern. Meinem Vater geht es nicht gut.«

Hubertus war mit der Situation komplett überfordert. Vor lauter Nervosität vergaß er, zu fragen, was denn seinem Nochschwiegervater fehle, und lief mit dem Telefon in der Wohnung auf und ab.

»Das tut mir leid, Elke. Das tut mir sehr leid. Außerdem wollte ich mich noch einmal für die Sache in der Rietstraße entschuldigen.«

Auch Elke schien es nicht gut zu gehen.

Sie hatte Trost nötig – zumindest glaubte Hubertus das herauszuhören.

Zwar weigerte sie sich kategorisch, den Heiligabend mit Nochmann und Tochter zu verbringen, aber zehn Minuten später hatte Hubertus das angestrebte Essen am zweiten Weihnachtsfeiertag klargemacht.

Dutzende Steine fielen ihm vom Herzen. Er fühlte sich beschwingt.

Nun konnte Weihnachten kommen.

Draußen dämmerte es. Noch immer fiel der Schnee in dichten Flocken. Im Fenster blinkte das Licht eines Räumfahrzeugs, das sich den Weg durch die Straße bahnte.

Hubertus hatte Lust auf Musik. Zwar hätten sich Weihnachtslieder angeboten, aber irgendwie brauchte er jetzt Cat Stevens.

Er drehte die Anlage auf, widmete sich der Vorbereitung des Schinkens und trällerte: »I am being followed by a moon shadow, moon shadow, moon shadow.«

Das war Elkes Musik gewesen, damals, als man sich immer zum Teetrinken bei ihr getroffen hatte.

»Morning has broken«, sang er lautstark und auswendig mit, und bei »Father and son« dachte er: Wo ist eigentlich Martina?

Fünf Minuten später kam sie und sagte, nachdem sie den Anrufbeantworter abgehört hatte: »Papa, ich muss nachher noch weg.«

»Du hast wohl einen Vogel«, antwortete Hubertus barsch. »Es ist Heiligabend.«

»Papa! Ich bin siebzehn«, antwortete seine Tochter.

»Eben. Du bist noch nicht volljährig!« Hubertus blieb hart.

»Also, zum Kuhreihen gehe ich auf jeden Fall«, sagte Martina.

»Aber mit mir«, konterte ihr Vater.

Die Weihnachtsstimmung im Hause Hummel ließ etwas zu wünschen übrig. Zwar schmeckte der Schinken relativ gut, doch auf das Singen von Weihnachtsliedern wurde ebenso verzichtet wie auf die Weihnachtsgeschichte, die Hubertus in seiner Kindheit Jahr für Jahr vor der Verwandtschaft vorgelesen hatte. Er konnte sie jetzt noch auswendig: »Es begab sich aber zu der Zeit …«

Martina schien das nicht zu vermissen. Überhaupt konzentrierte sie sich weniger auf den Baum als auf die Uhr – als könne sie es gar nicht erwarten, endlich zu gehen.

Zwei Stunden später hatten sie einen Konsens gefunden.

Dies Jahr wollte Hubertus nämlich entgegen seiner eigentlichen Gewohnheit in die Christmette im Villinger Münster gehen, die um zweiundzwanzig Uhr begann. Er sehnte sich mehr denn je nach Geborgenheit und nach alten Ritualen.

Martina, so die Abmachung, sollte mitgehen und durfte

anschließend mit ihren Freundinnen – den Anrufer erwähnte Hubertus nicht – zum Kuhreihen und noch zwei Stunden in die Stadt.

Um zehn vor zehn passierten sie das mächtige Münsterportal, das ein zeitgenössischer Künstler aus dem benachbarten Schonach gestaltet hatte. In den Darstellungen der biblischen Motive glaubten manche Betrachter Prominente der Gegenwart zu erkennen. So erinnerte ein Teilnehmer der »Hochzeit von Kanaan« verdächtig an Sepp Maier.

Sie waren nicht zu früh dran. Die Bänke waren gut gefüllt, die Stimmung festlich. Überall leuchteten Kerzen.

Der Organist spielte eine leise, getragene Melodie.

Hubertus durchfuhr ein Schauer. Es würde alles gut werden.

Bestimmt.

Nach dem ersten Teil der Liturgie ging der Dekan mit seinem glänzenden Gewand durch den Kirchenraum, der nur durch den Kerzenschein schummrig beleuchtet war. Er bestieg die Kanzel, wo er einen Moment innehielt und einen konzentriert-bedächtigen Blick aufsetzte. Dann faltete er die Hände vor dem rundlichen Bauch. Auch er schien ein üppiges Festmahl genossen zu haben.

Das Licht des Baldachins über der Kanzel ging an und warf einen matten Glanz auf die hohe Stirn des Gottesmannes. Es schien fast so, als umgebe ihn ein Heiligenschein. Die leichte Unruhe unter den Besuchern und das Knarzen der Bänke wichen einer gespannten Stille. Es war der vielleicht feierlichste Moment des Abends.

Die Predigt begann eher besinnlich, wurde aber bald lebhafter. Gestenreich erklärte der Dekan die Weihnachtsbotschaft und streute auch humorige Passagen ein. Ein paar Nachzügler stellten sich unter die Arkaden der Seitenschiffe – gerade rechtzeitig für die mahnenden Worte des Dekans über zu schwache Besucherzahlen bei den Gottesdiensten während des Jahres.

»Worum es geht, ist das gelebte Christsein. Nicht nur an Weihnachten und an Ostern, sondern auch während des übrigen Jahres.« Sein Blick wurde finster, er zog die Augenbrauen hoch und runzelte die Stirn. Seine charismatische Art beeindruckte nicht nur Hubertus.

Der Dekan predigte vom trügerischen Weihnachtsschein der Christbaumkugel und der Weihnachtsgeschenke.

»Ich erinnere an das wahre Weihnachten!«, rief er und wies mit ausgestrecktem Arm in Richtung Altar, wo die Weihnachtskrippe mit den großen handgeschnitzten Figuren stand. »Seht dort: die Krippe mit dem Christuskind, das verfolgt wurde. Genauso wird die Kirche noch heute verfolgt. Aber niemand kann die Botschaft aufhalten!«

Während der Dekan zurück in den Altarraum ging, stimmte der Kirchenchor feierlich »Es ist ein Ros' entsprungen« an.

Hubertus, der mit Martina noch ein Plätzchen im rechten Kirchenschiff ergattert hatte, war beseelt. »Schön, oder?«, flüsterte er seiner Tochter ins Ohr, die zwar die Augen verdrehte, dann aber ihre Hand auf seinen Arm legte.

Das Abendmahl nahte. Einer der vielen Priester – an Heiligabend gab es ein großes Aufgebot im Münster – schwenkte den Weihrauchkessel vor dem Altarraum.

»Papa, mir wird übel«, flüsterte Martina plötzlich von links und blickte ihn flehend an.

»Geht gleich vorüber, Martina«, beschwichtigte Hummel. Den Gottesdienst wollte er nicht vorzeitig verlassen müssen.

Zum einen freute er sich auf den feierlichen Schlussgesang. Zum anderen: Was sollte der Dekan von seinem ehemaligen Ministranten denken, wenn der sich nun schon mal nach langer Zeit ins Münster verirrte und sich dann mitten im Gottesdienst davonstahl?

Die schweren Rauchschwaden, die Martina zugesetzt hatten, verzogen sich nach dem Abendmahl allmählich, ihre Gesichtszüge entspannten sich wieder. Unter dem beschwingten »O du fröhliche« begann der Auszug der vielen Ministranten und Priester. Der Kirchenchor packte noch eine Oktave drauf. Auch Hubertus schmetterte inbrünstig mit – zu seinem großen Erstaunen stimmte sogar Martina mit ein. Eigentlich, dachte er sich, habe ich meine Tochter in letzter Zeit doch ganz gut alleine erzogen. Sie macht sich.

Auf dem Vorplatz des Münsters bildeten sich dicke Menschentrauben. Bekannte und Freunde tauschten Weihnachtsgrüße aus.

Das alteingesessene Villinger Bürgertum war katholisch. Man kannte sich meist schon seit vielen Jahrzehnten, war gemeinsam in den kirchlichen Gruppenstunden der Katholischen Jungen Gemeinde oder auf Zeltlagern gewesen. Während des Jahres kamen die meisten nur noch sporadisch ins Münster, aber an Weihnachten waren fast alle wichtigen Villinger Familien dort vertreten.

Hubertus und Martina drängelten sich ebenfalls auf den aus Kopfsteinpflaster bestehenden Villinger Hauptplatz. Es rieselte kleine Eiskristalle vom Himmel. Hummel blickte empor. Er war in einem wahren Gefühlstaumel gefangen.

Die malerischen, wie eingezuckert wirkenden Zwillingstürme des Münsters erstrahlten im Scheinwerferlicht. Abends sah das Münster besonders schön aus, fand Hubertus. Und an Weihnachten gab es ohnehin keine schönere Kirche. Weltweit.

»Frohes Fest, Huby!«, rief plötzlich eine bekannte Stimme von hinten. Vom alten Rathaus kam Klaus Riesle daher – am Arm hatte er eine junge, recht hübsche Frau mit Wollmütze. Hubertus glaubte, unter der Kopfbedeckung braune Haare zu erspähen.

Er freute sich einerseits, seinen alten Freund zu sehen. Andererseits wurde er fast etwas neidisch. Wie viele Jahre hatte er mit Elke den mitternächtlichen Kuhreihen in trauter Zweisamkeit besucht? Und jetzt war Klaus als langjähriger Single in weiblicher Begleitung, während er selbst nur Martina dabeihatte ... Aufmerksam musterte er Klaus' Freundin. Sie schien ganz sympathisch zu sein, vielleicht ein wenig scheu.

Hummel entschied, sich zunächst etwas distanziert zu geben. Er reichte ihr die Hand, stellte sich kurz vor und war sonst eher zurückhaltend. Wer weiß, was Klaus ihr schon über ihn erzählt hatte?

»Ich bin dann mal weg, Paps!«, rief Martina, als sie auf eine Gruppe junger Leute trafen. Dieser Satz und dieser Tonfall wurden Hummel auch immer vertrauter.

»Frohe Weihnachten, Herr Hummel«, grüßte aus der Menge heraus eine männliche Stimme, die er gut kannte. Ausgerechnet Hubertus' Klassenflegel Dominik Schreiner zählte offenbar zu Martinas Begleitern.

»Um Punkt zwei bist du zu Hause, junges Fräulein!«, beeilte sich Hummel seiner Tochter nachzurufen, doch seine Aufforderung schien im Lärm unterzugehen. Hubertus und Klaus mitsamt Anhang trafen auf eine kaum überschaubare Menschenmenge am zentralen Villinger Straßenkreuz. Hubertus fand einen Platz dicht an der Häuserwand.

Pünktlich zum Glockenschlag um Mitternacht spielte ein als Hirte verkleideter Mann eine andächtige Melodie auf dem Herterhorn, das wie ein zu klein geratenes Alphorn anmutete.

Der Brauch ging auf ein Gelübde der Villinger Hirten zurück, die jeweils zu Weihnachten von allen Stadttoren in ihr Horn bliesen, um fortan von Viehseuchen verschont zu bleiben.

Als die Villinger Stadt- und Bürgerwehrmusik anschließend »Stille Nacht« anstimmte, wurde Hummel wieder ganz warm ums Herz. Er stellte sich auf die Zehenspitzen, um vielleicht doch irgendwo Elke zu erspähen. Zwar machte er den einen oder anderen Bekannten aus, doch von seiner Ex keine Spur.

Anschließend versuchte Riesle seinen Freund zu einem Schlummertrunk zu überreden, doch der lehnte dankend ab und verabschiedete sich. Für heute reichte es ihm. Wenn er schon nicht mit Elke feiern konnte, wollte er wenigstens endlich allein sein und sich seiner süßen Melancholie hingeben.

Er verabschiedete sich und spazierte kurz darauf über das menschenleere Hubenloch – Deutschlands höchstgelegenen Rosengarten, der jetzt unter den Schneemassen ächzte. Seine Gedanken waren bei einem Glas gutem französischem Rotwein, das er sich zu Hause noch genehmigen würde. Dazu würde er dem Kuhreihen auf CD lauschen und vielleicht noch mal bei Elke anrufen.

Ja, das würde er tun. Vielleicht war sie ja schon zu Hause.

10. RENDEZVOUS MIT DER EIGENEN FRAU

Hubertus war nervös. Und wie! Schon seit fünfundzwanzig Jahren war er nicht mehr so nervös gewesen. Allenfalls vielleicht als junger Referendar, als der gestrenge Schulrat ihn bei seinem Unterricht geprüft hatte.

Oder natürlich, als Elke hochschwanger gewesen war und Hummel die Schnapsidee gehabt hatte, trotzdem mit Klaus zum Eishockey zu gehen. Zwar hatte der SERC damals fünf zu zwei gegen Rosenheim gewonnen, aber als Hubertus siegestrunken nach Hause kam, war Elke nicht mehr da gewesen. Sie hatte mit dem Taxi ins Städtische Klinikum fahren müssen, wo Martina schließlich zur Welt gekommen war. Vier Stunden hatte er vor dem Kreißsaal gewartet – es war fürchterlich gewesen.

Doch nun stand ihm etwas weit Schlimmeres bevor: ein Rendezvous mit ebendieser Frau.

Was sollte er nur anziehen?

Hubertus war verzweifelt. Schon am Vortag hatte er zu Hause bei seinen Eltern außerordentlich ungeschickt gewirkt und beim Mittagessen die Schale mit Kartoffelbrei heruntergeworfen, den es zum Braten hätte geben sollen. Martina, die ihn begleitet hatte, obwohl sie erst gegen halb vier morgens nach Hause gekommen war, hatte dies mit einem kecken »Papi! Bist du verliebt oder was?« quittiert.

Hummel schaute aus dem Fenster. Martina war schon

wieder weg. Immerhin war sie diesmal nicht von Dominik Schreiner, sondern von Marion abgeholt worden.

Es hatte aufgehört zu schneien: ein kühler, aber sonniger zweiter Weihnachtsfeiertag.

Hubertus blickte auf seine Armbanduhr: siebzehn Uhr.

Es dämmerte.

Noch drei Stunden bis zum Treffen mit Elke.

Nachdem er heute schon dreimal die »Greatest Hits« von Cat Stevens rauf- und runtergehört hatte, um sich auf Elke einzustimmen, war jetzt was anderes dran. Er schaltete das Radio ein: Auf SWR 3 nervte ihn die berufsjugendliche Moderatorin, Radio Neckarburg spielte Volksmusik und Klassik-Radio ein besonders avantgardistisches Stück.

Dann lieber wieder eine Platte. Eine LP, um der guten alten Zeiten willen. Er durchstöberte seine alte Sammlung. Sade, Santana, Bob Seger, Simon & Garfunkel, Bruce Springsteen ... Er entschied sich für Simon & Garfunkels »Concert in Central Park« und ging die Treppe hinauf, um zu den Klängen von »Mrs Robinson« seinen alten Smoking anzuprobieren.

Drei Minuten später war er um eine Enttäuschung reicher. Der Smoking passte nicht mal annähernd.

Kein Wunder. Wann hatte er den zum letzten Mal angehabt?

Bei der »Matthäuspassion« im Münster vermutlich, aber das war auch mindestens fünf Jahre her. Wahrscheinlich wäre der Smoking auch zu festlich gewesen. Aber man konnte zum Rendezvous mit seiner eigenen Frau an Weihnachten doch schlecht in alten Jeans gehen?

Gerade als Hubertus sich in eine graue Stoffhose gezwängt hatte, klingelte das Telefon.

Elke? O Gott! Sie sagt ab, befürchtete Hubertus.

»He! Wir sehen uns nachher, oder?«, dröhnte es aus dem Hörer. Es war Klaus.

»Ich sagte doch: vielleicht«, antwortete Hummel etwas ungehalten.

»Wir sind jedenfalls ab halb neun im Bistro«, meinte Riesle ungerührt.

Wir? Ausgerechnet Klaus, der immer den einsamen Wolf gegeben hatte, verließ seine Wohnung nun offenbar nicht mehr ohne seine Freundin. Fast logisch, dass er sie nun auch in die Stammkneipe mitbrachte.

Für Hubertus war der Fall klar: Entweder klappte die Versöhnung mit Elke, dann wollte er heute nicht mehr ins Bistro. Oder sie klappte nicht, und dann …

Aber darüber wollte er gar nicht erst nachdenken.

»Na, dann bis später, Alter«, meinte Klaus. »Und im Übrigen ist Weihnachten vorbei, lass uns dann nachher mal wieder über den Fall sprechen.«

Das Bistro. In den vergangenen fast dreißig Jahren hatte jeder von ihnen in dieser Kneipe ungefähr dreißigtausend Euro liegen lassen, hatten Hubertus und Klaus einmal während eines gemeinsamen Toilettenganges dort angetrunken ausgerechnet, nachdem sie beinahe die lebensgefährlich enge Wendeltreppe hinuntergefallen waren.

Die Zeit verging im Schneckentempo. Hubertus stand in der Küche und betrachtete das Kurier-Bild mit ihm und Thoma, das Martina dort an die Pinnwand geheftet hatte.

Dann trank er einen Rioja, ging ins Bad, machte sich

frisch, lief wieder durch den Flur, zappte sich durch die Fernsehprogramme, stellte die Platte zurück ins Regal.

Irgendwann wurde es doch noch neunzehn Uhr fünfunddreißig. Hubertus, der zur dunklen Stoffhose ein schneeweißes Hemd, schwarze Halbschuhe und einen langen grauen Mantel trug, machte sich auf den Weg in die Innenstadt.

Zu Fuß, denn er wollte auf jeden Fall etwas trinken.

Das würde die Stimmung lockern – hoffentlich auch die von Elke.

In der fast menschenleeren Südstadt war nichts zu hören, lediglich der Schnee knirschte unter Hubertus' Schuhen.

Jetzt fühlte er sich wie vor seiner praktischen Fahrprüfung. Die hatte er beim ersten Mal in den Sand gesetzt, indem er beinahe in ein anderes Auto gefahren war.

Fast zehn Minuten zu früh stand er vor dem Restaurant, das nur einen Steinwurf von der Rechtsanwaltspraxis Bröses entfernt lag. Er dachte an den wichtigtuerischen Juristen und Kommunalpolitiker, der ihm seine Ehefrau zumindest vorübergehend ausgespannt hatte.

Zum Glück war das mit Bröse und Elke jetzt aus. Aber stimmte das auch wirklich?

Martina, die ihre Mutter öfters sah, hatte es jedenfalls behauptet.

Vielleicht nur, um ihn zu trösten? Neunzehn Uhr zweiundfünfzig. Und jetzt? Sollte er warten? Oder gleich hineingehen?

Er musterte die Speisekarte. Dann warf er einen verstohlenen Blick nach links und rechts, um sich zu vergewissern, dass Elke noch nicht im Anmarsch war.

Bevor er das Restaurant betrat, atmete er tief durch. Sein Herz pochte bis zum Hals. Elke war wirklich noch nicht da.

Hubertus wurde zu seinem Platz geleitet, setzte sich, murmelte: »Meine Frau kommt gleich«, und wurde immer unruhiger.

Unauffällig blickte er sich um. Ein paar Gesichter kannte er, und ihm schien, als würden alle ihn anstarren, den einzelnen Mann, der womöglich von seiner Verabredung versetzt worden war.

Oder der es nötig hatte, am zweiten Weihnachtsfeiertag allein in ein Restaurant zu gehen.

Wie armselig. Wie entwurzelt.

Er bestellte ein Pils. Der Kellner brachte ein 0,3-Liter-Glas von »Edelmann« und setzte es auf einen »Bären-Bräu«-Bierdeckel.

Hubertus blickte zerstreut darauf, bemerkte schließlich die Kombination und versuchte, sich mit dem Mordfall zu beschäftigen.

Wir müssen morgen noch mal nach Schwenningen, dachte er sich.

Morgen. Was dann wohl sein würde?

Er erinnerte sich eines Liedes von Heinz Rudolf Kunze, das er zu Hause ebenfalls noch gehört hatte: »Dies wird der Abend vor dem Morgen danach«.

Es war acht nach acht.

Wo blieb sie nur?

Hubertus bestellte noch ein Bier.

Gerade als der Kellner das zweite Pils brachte, gingen die Tür und Hubertus' Herz auf: Elke!

Sie sah phantastisch aus!

Nein, nicht ganz. Sie wirkte müde.

Sehr müde.

Dennoch lächelte sie, als sie Hubertus sah.

Sie lächelte!

Elke trug einen schwarzen Mantel und ein dunkles Seidentuch. Als Hubertus ihr gemeinsam mit dem Kellner den Mantel abnahm, sah er darunter einen schwarzen Pullover, eine schwarze Hose und schwarze Winterschuhe. Trauerkleidung? O Gott …

»Elke. Ist dein Vater etwa …?«, fragte Hubertus leicht panisch.

Elke setzte sich. »Was denn, Hubertus?«

»Also, ist er …?«, stammelte Hummel.

Aus dem netten Abend würde nichts werden.

Aber vielleicht könnte er sie ja trösten. Und vielleicht würde daraus…

Seine Gedanken überschlugen sich. Und das schlechte Gewissen meldete sich natürlich auch, denn das schlechte Gewissen fand es unmöglich, dass er den Tod seines Schwiegervaters ausnutzen wollte, um bei Elke …

»Es ist nichts Lebensgefährliches, wenn du das meinst«, entgegnete Elke schließlich.

Hummels schlechtes Gewissen verabschiedete sich. Allmählich fand er seine Konzentration wieder.

Und tatsächlich: Es ergab sich nach kurzer Befangenheit schon recht schnell ein überaus nettes Gespräch. Hubertus fand, dass er in Hochform war, er scherzte, flirtete ein wenig und schien bei Elke sehr gut anzukommen.

Mit einem charmanten Lächeln verzieh sie ihm sogar, dass er ihren Rotwein umstieß. Er sollte wirklich an seiner

Feinmotorik arbeiten. Aber solange er das mit seinem Charme wieder wettmachte ...

Nach einem guten Essen, Hubertus hatte sich opportunistischerweise Elke angepasst und sich – das sollte bei ihm etwas heißen – für eine gemischte vegetarische Platte sowie einen Obstsalat zum Nachtisch entschieden, war es allmählich Zeit, zur Sache zu kommen.

Fand Hubertus.

Er bestellte einen Rotwein und sah Elke tief in die Augen.

Jetzt oder nie!

Mit der Kraft zweier »Edelmann«-Biere, dreier badischer Rotweine und dem Rioja von zu Hause sagte er: »Elke, wir verstehen uns einfach.«

Er atmete tief durch.

»Ich muss dir etwas sagen ...«

Elke wirkte ganz ruhig. Dann meinte sie: »Hubertus, mir geht es im Moment nicht besonders gut. Ich habe Probleme mit meinem Karma. Gib mir etwas Zeit.«

Hubertus überhörte das mit dem Karma. Darauf war er ohnehin schon gefasst gewesen. Das mit der Zeit gefiel ihm allerdings noch weniger.

»Noch mehr Zeit?«, fragte er. »Elke. Wir gehören zusammen. Wir gehören zusammen wie ...« Verzweifelt suchte er nach Worten. »Schatz ...«

Das Wort kam ihm plötzlich reichlich fremd vor, trotzdem fuhr er fort: »Schatz, du kannst jetzt nicht ...«

»Folgendes, Hubertus«, setzte Elke an. »Ich bin derzeit ...«

»Meine Liebste«, hörte Hummel plötzlich jemanden neben sich rufen.

Schulz!

Nein!

Stadtrat Schulz. Tatsächlich.

Wieso war der denn auf einmal hier?

Der Widerling kam näher, küsste ihre Hand und setzte sich unaufgefordert auf den Stuhl neben sie.

Hubertus beachtete er gar nicht.

Elke lächelte.

Vielleicht war Bröse gar nicht das eigentliche Problem. Nicht mehr zumindest.

In Hubertus rumorte es. Nein, es kochte.

»Aha!«, rief er. »So ist das also!«

Er sprang auf, trank sein Glas in einem Zug aus, zischte ein »Schönen Abend noch ...« und ging auf den verdutzten Kellner zu.

Aus den Augenwinkeln sah er, wie Elke ihm halb erschrocken, halb empört nachstarrte. Vielleicht war auch eine Spur Enttäuschung in ihrem Blick.

Hummel ließ sich die Rechnung ausdrucken, was nach seinem Dafürhalten ewig dauerte, zahlte im Stehen und verließ eilig das Lokal. Mindestens zwanzig bohrende Augenpaare waren auf ihn gerichtet. Er fühlte sich elend.

Wohin er jetzt gehen würde, war ihm klar. Er brauchte ein Bier – und keine romantische Einsamkeit.

11. BÄUERLE UND SILBERMANN

Hausmeister Bäuerle schimpfte leise vor sich hin. Er war urlaubsreif.

Von wegen stille Nacht und friedliches Fest. Dutzende Gottesdienste hatte es in den letzten Tagen in seiner Münsterpfarrei gegeben.

Wenigstens war Weihnachten für dieses Jahr vorbei.

Der Abendgottesdienst am Stephanstag bildete den Abschluss der hektischen Tage für ihn. Doch schon an Silvester und Neujahr würden die Aktivitäten wieder zunehmen. Die Münstergemeinde war ziemlich rührig.

Er öffnete die Tür des Gemeindezentrums, das zweihundert Meter vom Münster entfernt lag.

Ein Blick auf die Armbanduhr: Viertel nach zehn. Den Feierabend hatte er sich nun redlich verdient, und er wollte sich noch mit ein paar Freunden auf ein Bier treffen.

Kurz darauf strich er sich über seine blonden kurzen Haare. Verdammt!

Er hatte vergessen, die Benediktinerkirche abzuschließen – das zweite Gotteshaus, für das er zuständig war.

Andererseits: Was sollte schon passieren? Vielleicht würde sich ein Obdachloser darin aufwärmen. Dann wäre seine Unterlassung eine nachgerade christliche Tat.

Allerdings war in der fast dreihundert Jahre alten Kirche schon das eine oder andere zu rauben. Außerdem befand sich darin die Rekonstruktion der legendären Silbermann-Orgel aus dem 18. Jahrhundert.

Vor einigen Jahren war die Idee geboren worden, die Orgel wieder in der Benediktinerkirche aufzustellen. Doch das Original war bei einem Bombenangriff im Zweiten Weltkrieg komplett zerstört worden. Also sorgten die Schwarzwälder mit Patenschaften für Pfeifen, Register und Orgelgehäuse dafür, dass das gute Stück von einem elsässischen Künstler wiederhergestellt werden konnte.

Nicht zuletzt deshalb würde es der Dekan kaum lustig finden, wenn Bäuerle seine Aufsichtspflicht verletzte.

Ebenso missmutig wie pflichtbewusst lief er also über das Kopfsteinpflaster im Innenhof des Gemeindezentrums zum Seiteneingang der Benediktinerkirche. Dort warf er einen prüfenden Blick ins Innere des schlicht gehaltenen Barockgebäudes.

Er wollte gerade wieder gehen, als er plötzlich ein Geräusch vernahm.

Da keuchte jemand!

Doch ein Obdachloser?

Das Keuchen kam irgendwie von oben – von der Empore, wo die blitzblanken Pfeifen der Silbermann-Orgel thronten.

Im Halbdunkel blickte Bäuerle angestrengt nach oben. Allmählich gewöhnten sich seine Augen an das schwache Licht. Schemenhaft sah er etwas – und was er erkannte, ließ ihm das Blut in den Adern gefrieren. Neben der Orgel kämpften zwei große Gestalten miteinander!

Bäuerle, der unter der Kanzel stand, zweifelte an sich. Er war überarbeitet, sicher. Aber doch nicht so!

Nein, diese beiden Gestalten existierten tatsächlich.

Und nun?

Durfte man in einer Kirche herumschreien?

Zur Not schon, oder?

»Hallo!«, rief Bäuerle also.

In diesem Moment ertönte ein dumpfer Schlag. Eine der Gestalten ging zu Boden.

Dann war Ruhe.

Hausmeister Bäuerle wurde panisch. Einen Augenblick lang erwog er, die Stufen zur Empore hochzusteigen, um einzugreifen. Er verwarf den Gedanken aber sogleich wieder. Zwar war er von stattlicher Gestalt, aber womöglich würde auch er im Halbdunkel niedergeschlagen werden.

Also rannte er zum Seiteneingang, vorbei an den Heiligenfiguren, stürzte aus der Tür und schloss sie eilig und mit zitternder Hand ab.

So, nun saß der Täter in der Falle.

Bäuerle zog sein Handy aus der Tasche und wählte den Notruf. Es war kurz vor halb elf.

12. ORGELPFEIFEN

Hubertus war schon beim zweiten Bier, das erste hatte er in Windeseile hinuntergestürzt. Mit Klaus und seiner Freundin hatte er gerade mal zwei Begrüßungssätze gewechselt, als Gisela, die Bedienung im Bistro, ihm das erste Getränk hingestellt hatte. Hummel lehnte nun wortlos an der Bar und blickte mit traurigen Augen auf das Schild »Nicht auf den Boden spucken!«, das noch Zeugnis von den wilden Siebzigern in der Kultkneipe ablegte.

Das Bistro war brechend voll. Dichte Schwaden zogen durch das enge Raucherlokal im Herzen der Stadt.

Viele Freunde, die Villingen vor Jahren verlassen hatten und nur zu Weihnachten heimkehrten, waren hier. Ein paar kannte Hubertus von früher, aber jetzt war ihm nicht nach einem Small Talk zumute.

Er war sauer.

Klaus und Kerstin hatten ihn zwar freundlich begrüßt, aber ansonsten ließen sie eine gewisse Anteilnahme vermissen. Sie mussten ihm doch ansehen, wie es ihm ging!

Das fehlende Interesse hatte zwei Gründe, wie Hummel bemerkte.

Der eine war die Knutscherei der beiden, die ihm momentan ganz besonders auf den Geist ging. Der andere Grund war einer, bei dem Hubertus wenigstens für ein paar Sekunden den bislang gründlich misslungenen Abend vergaß.

»Kerstin weiß was über Schlenkers Kompagnon Benzing«, sagte Klaus und blickte ihn vielsagend an.

»Und zwar?«

»Benzing braucht Geld«, erläuterte Kerstin und nahm einen Schluck von ihrem Kirsch-Bananen-Saft.

»Ich auch«, meinte Hubertus sarkastisch. Immer noch gab er sich Kerstin gegenüber distanziert.

»Kennst du die Uvax?«, mischte sich Klaus ein.

»Die Schwenninger Uhrenfirma? Klar«, sagte Hummel.

»Ich wohne neben der Uvax in der Bürkstraße«, fuhr Kerstin fort. »Und ich kenne den Prokuristen der Firma. Die haben massive Liquiditätsprobleme und stehen kurz vor dem Aus. Die Japaner warten schon.«

»Kein Wunder, in der heutigen Zeit«, sagte Hummel und leerte auch sein zweites Bier. Schon stand das dritte da.

»Vorstandsvorsitzende dieser Firma ist eine gewisse Brigitte Schuster«, erklärte Klaus.

Hubertus trank wieder einen Schluck und setzte sein Glas ab. Er schaute gereizt in die kleine Runde.

»Ich habe einen Scheißtag hinter mir. Entweder sagt ihr mir jetzt, was ihr mir mitteilen wollt, oder ich trinke in Ruhe mein Bier.«

»Wegen Elke?«, fragte Kerstin.

Hummel blickte sie verblüfft an. Na toll! Offenbar hatte sein Kumpel sich schon massiv über Hubertus' Probleme ausgelassen. »Also, was jetzt?«, fragte er fast schon patzig.

»Offiziell gehört diese Firma – wie gesagt – Frau Schuster«, fuhr Kerstin fort. »Aus steuerlichen Gründen. Treibende Kraft ist aber ihr Mann – und der will den Laden unbedingt behalten.«

»Und?«, schnaufte Hubertus.

»Frau Schuster hat einen Doppelnamen, den sie aber nie benutzt: Schuster-Benzing«, nahm Klaus den Faden wieder auf.

Die beiden waren schon ein gutes Team.

»Ist das wirklich die Frau von unserem Benzing?«, fragte Hubertus überrascht.

Beide nickten.

Synchron.

»Und ihr meint, der Geldmangel wäre ein Motiv gewesen, unseren Schlenker umzubringen?«

»Um die Uvax zu retten, braucht Benzing Geld. Geld aus dem Verkauf der Bären-Brauerei. Wir sollten gleich morgen nach Schwenningen fahren. Vielleicht können wir uns ja auch noch mal mit Frau Schlenker treffen«, sagte Klaus.

Hubertus nickte. »Von mir aus jetzt sofort.«

Riesle schaute ihn halb spöttisch, halb mitleidig an. »Natürlich. Du bist halb besoffen, halb deprimiert, und es ist halb elf abends am zweiten Weihnachtsfeiertag. Da sollten wir unbedingt zu einer Brauereimagnatin, die gerade ihren Mann verloren hat.« Er widmete sich seinem Rotweinglas.

Hubertus stutzte. Rotwein? War Klaus jetzt in seiner Stammkneipe unter die Weintrinker gegangen?

Das musste an dieser Kerstin liegen. Hubertus war sich noch nicht sicher, ob er sie mochte.

»Außerdem warten wir doch noch auf Edelbert und auf Didi«, sagte Klaus. »Bei Edelbert als Künstler wundert mich die Verspätung ja nicht, aber Didi?«

»Wahrscheinlich musste er länger arbeiten«, mutmaßte Hubertus. »Da wir uns jedes Jahr am 26. im Bistro treffen, wird er's ja wohl kaum vergessen haben.«

In diesem Moment wurde die Tür des Lokals aufgerissen.

Da sie nur wenige Meter entfernt saßen, bekamen sie etwas von dem kalten Luftzug mit, der angesichts der verqualmten Atmosphäre recht guttat.

Eine hektisch wirkende, etwas zerzauste Gestalt mit beschlagenen Brillengläsern stand vor ihnen.

»Didi!«, rief Klaus. »Wie siehst du denn aus?«

»Ich hab euch in den letzten fünf Minuten zehn Mal auf dem Handy angerufen!«, rief Didi.

»Das hört man hier in dem Lärm nur leider nicht«, antwortete Klaus.

»Komm mit«, meinte Didi. »Ich schulde dir doch noch 'nen Gefallen, Meisterjournalist.«

Es musste etwas Ernstes sein. Hubertus überlegte nicht lange, rief Gisela zu: »Wir sind gleich wieder da«, packte seinen für Bistrogänge untypisch feinen Mantel und lief den anderen hinterher.

»Darf ich dir meine Freundin vorstellen, Didi? Das ist Kerstin. Kerstin, das ist Didi, Didi Bäuerle.«

Didi hob die Hand zum Gruß, ohne sich umzudrehen, während er um die nächsten Häuserecken spurtete – mit Hubertus, Klaus und Kerstin im Schlepptau.

»Halt!«, rief Hummel, der kaum folgen konnte und in seinen Schuhen mehr rutschte als lief. »Was zum Teufel ist denn los?«

Sie passierten gerade den Münsterplatz, und Bäuerle sagte keuchend: »Ich glaube, ich habe einen Mörder in der Benediktinerkirche eingeschlossen. Und eines sage ich dir, Klaus: Wenn ich dir nicht noch einen Gefallen schulden würde, hättest du mich heute nicht mehr gesehen.«

Hubertus, Klaus und Kerstin waren ebenso baff wie außer Atem.

Weitere Fragen erübrigten sich ohnehin, denn nun waren sie schon in unmittelbarer Kirchennähe, wo ein Polizeiwagen mit Blaulicht stand.

»Sie waren aber schnell«, sagte Didi zu den Beamten. »Ich war nur drei Minuten weg und musste meinen Freunden Bescheid sagen, dass ich später komme.«

»Sie haben Nerven, Mann! Hier geht es doch möglicherweise um Mord und Totschlag, oder?«, meinte einer der Polizisten und musterte seinen Kollegen, der mit einem Funksprechgerät hantierte. »Aber wir müssen ohnehin noch auf einen zweiten Streifenwagen warten. Sind Sie sicher, dass der Täter nicht aus der Kirche entkommen kann?«

Bäuerle nickte. »Eigentlich schon.«

Hubertus fand die Sprache wieder: »Ein Mord in der Benediktinerkirche?«

Bäuerle drehte sich um: »Ich weiß es nicht, aber auf jeden Fall liegt da einer bei der Orgel. Und der Täter muss auch noch drin sein.«

»Bei der Orgel?«, echote Hubertus. »Kaum zu fassen. Schließlich habe ich mehrere Patenschaften übernommen, und zwar für eine Bourdon 8' vom Hauptwerk und für eine Flute 4' vom Rückpositiv.«

Die Polizisten starrten ihn verwundert an.

»Hubertus, halt den Mund!«, fuhr Klaus ihn an. »Deine

Orgelpfeifenpatenschaften interessieren im Moment wirklich niemanden.«

Hummel schwieg beleidigt.

Der zweite Streifenwagen traf ein.

13. DIE QUITTUNG

Bäuerle schob seinen Schlüssel ganz behutsam ins Schloss. Er wollte die schwere hölzerne Seitentür der Benediktinerkirche möglichst lautlos öffnen, um den oder die Eindringlinge nicht unnötig aufzuscheuchen.

Hinter ihm standen vier grimmig dreinblickende Polizeibeamte mit gezückter Dienstwaffe. Einer davon war weiblichen Geschlechts.

Riesle, Hummel und Kerstin beobachteten gespannt die Szenerie.

Kaum hatte sich die Tür mit einem lauten Knarzen geöffnet, stürmten die Polizisten an Bäuerle vorbei ins Hauptschiff des düsteren Gotteshauses. Ein Beamter postierte sich am Eingang, damit niemand entwischen konnte. Lichtkegel durchfuhren den Kirchenraum. Die Beamten durchleuchteten mit ihren großen Taschenlampen die schneeweißen Wände und die Kirchenbänke. Der Lichtschein fiel auf einen Engel mit Fanfare, der auf dem linken Flügel des Chorgestühls stand.

»Da oben auf der Empore waren die Gestalten«, flüsterte der Hausmeister einem der Beamten zu.

»Und wie kommen wir da hinauf?«, fragte der Beamte, ebenfalls im Flüsterton.

»Dort drüben hinter der offen stehenden Tür.« Didi Bäuerle, der ebenfalls mit einer Taschenlampe ausgerüstet war, leuchtete ins linke Kirchenschiff.

»Gibt's hier kein Licht?«, fragte der Polizist, der offenbar den Einsatz leitete.

»Doch. Von der Sakristei aus kann man die Lichtschaltung zentral bedienen.«

»Worauf warten Sie dann noch?«

Bäuerle, der von der Taschenlampe des Polizisten geblendet wurde, kniff die Augen zusammen. »Könnte nicht einer von Ihnen mitkommen? Vielleicht hat sich der Täter ja dort verschanzt«, wisperte er.

Der Beamte gab seinem Kollegen ein Zeichen, Bäuerle zu folgen. Die beiden durchquerten das Kirchenschiff und verschwanden auf der gegenüberliegenden Seite hinter dem Chorgestühl.

Hummel und Riesle versuchten derweil, ebenfalls in die Kirche zu gelangen. Doch der Polizist am Eingang war dagegen.

»Gehen Sie nach Hause. Hier gibt es nichts mehr zu sehen, es könnte sogar gefährlich werden. Der Täter befindet sich vermutlich noch in der Kirche«, belehrte sie der blonde Hüne, der die Schildmütze tief ins Gesicht gezogen hatte. Hummel kam sich vor, als würde er Einlass in ein Lokal begehren, aber am Türsteher scheitern.

»Schwarzwälder Kurier«, tönte Klaus selbstbewusst und zückte seinen Presseausweis, den er immer bei sich trug.

»Das interessiert mich nicht, mein Herr. Hier handelt es sich um einen Zugriff. Und dabei hat die Presse ganz bestimmt nichts zu suchen.«

»Was ist denn hier los?«, hörten sie plötzlich eine Stimme hinter sich. Sie fuhren herum.

»Guten Abend, Herr Dekan!« Der Polizist tippte sich

an die Mütze und ging die wenigen Schritte auf den Gottesmann zu, um ihm die Lage zu erklären.

Klaus zog den überraschten Hubertus blitzschnell mit zur Kirchentür, ehe sich der Polizist wieder umdrehte. Kerstin blieb zurück.

»He da, hiergeblieben!«, hörten sie den Polizisten noch rufen, doch das Manöver war bereits geglückt: Sie waren in der Benediktinerkirche, obgleich Hubertus gar nicht wusste, ob ihm das recht war.

Klaus hatte ihn mit seiner Neugierde in eine gefährliche Situation gebracht. Folgen würde ihnen der Polizist wohl nicht, hatte er doch von seinem Streifenführer die strikte Order erhalten, den Standort vor der Tür nicht zu verlassen.

Klaus schob Hubertus vor sich her. »Du kennst dich hier drin besser aus.«

Hubertus schaute sich um. Wie zu seinen besten Pfadfinderzeiten duckte er sich und schlich an der Wand entlang zu dem Türchen, von dem aus die Treppen hoch zur Silbermann-Orgel führten. Als ehemaliger Ministrant hatte er trotz der Dunkelheit eine ungefähre Orientierung. Früher hatte er sich mit seinen Kollegen sogar mal heimlich in die Benediktinergruft unter die Kirchenhalle geschlichen – und dafür eine Rüge vom damaligen Mesner erhalten.

Noch immer lag der Raum im Dunkeln. Die Polizeibeamten hatten sich aber bereits die steilen Stufen in Richtung Silbermann-Orgel hinaufgewagt.

Hummel und Riesle folgten ihnen mit gebotenem Abstand – nicht, dass sie noch für die Eindringlinge gehalten wurden. Gerade als sie die Empore erreichten, erstrahlten sämtliche Lichter. Die Polizisten, die inzwischen an der Orgel angelangt waren, gingen einen Moment lang hinter der Balustrade in Deckung. Abwechselnd, wie es die polizeilichen Sicherheitsvorschriften geboten, rückten sie nun in Richtung der funkelnden Orgelpfeifen vor.

»Da liegt ein Mann neben der Orgel«, meldete der Beamte ins Funksprechgerät, nachdem er um die Ecke gelugt hatte.

»Ich rücke vor. Gib mir Sicherung.«

Die Neugier trieb Hubertus und Klaus nun zum Orgelaufbau, wo der Polizist bereits vor dem leblosen Körper kniete, während seine Kollegin die Umgebung im Auge behielt. Schließlich konnte sich die zweite Person noch immer dort aufhalten.

Hummel und Riesle kamen näher.

Plötzlich bemerkten die Polizisten die beiden Hobbydetektive und fuhren herum.

Ihre Mienen schwankten zwischen Überraschung und Ärger, sie machten aber keine Anstalten, das Duo zurückzuhalten. Hummel erhaschte einen Blick auf den Mann, der auf dem Boden der Orgelempore lag.

Der Schädel wies eine klaffende Wunde auf. Der Mann hatte ein markantes, einprägsames Gesicht, das Hubertus merkwürdig bekannt vorkam.

Es war Rüdiger Dold, der Sekretär beim Brauereichef der Edelmänner. Hubertus stockte der Atem.

»Ich kenne den Mann. Lebt er noch?«, erkundigte er sich bei dem einen Polizisten.

Doch der beachtete ihn nicht weiter, sondern sprach wieder in sein Funksprechgerät: »Mann, offenbar mit

Schädelfraktur, liegt bei der Silbermann-Orgel in der Benediktinerkirche. Keine Lebenszeichen. Notarzt und Kripo verständigen.«

Während Klaus schweigend die Szenerie beobachtete, wich Hubertus ein paar Meter zurück, um einen klaren Gedanken zu fassen. Dold, Dold, spukte es ihm durch den Kopf. Ihn hatten sie die ganze Zeit im Visier gehabt – offenbar zu unrecht. Ihm wurde schwummrig, und er lehnte sich gegen die Balustrade.

Kriminalhauptkommissar Stefan Müller war stocksauer. Er lief in seinem langen Wintermantel, die Hände hinter dem Rücken verschränkt, kreuz und quer über den Dachboden der Benediktinerkirche. Sein hellgrauer, locker um den Hals hängender Schal baumelte hin und her.

»Herr Riesle! Das reicht jetzt langsam!«, schimpfte er und blieb vor dem Journalisten stehen. »Nicht genug, dass Sie Ihre Nase in alles stecken müssen, was diesen Fall betrifft. Jetzt behindern Sie und Herr Hummel sogar noch aktiv die Polizeiarbeit!«

Kommissar Winterhalter nickte zustimmend. »Also, b'sonders g'schickt war des wirklich nit.«

»Besonders geschickt? Das war grob fahrlässig! Sie hätten über den Haufen geschossen werden können«, fuhr Müller verärgert fort, nahm kurz die Nickelbrille ab und wischte sich mit Daumen und Zeigefinger über die Augen. Er war übermüdet und urlaubsreif.

Doch solange der Mordfall der Soko »Schwarzwaldbahn« nicht gelöst war, konnte er sich als Leiter derselben seinen Winterurlaub in die stets akkurat gekämmten Haare schmieren.

Und nun auch noch ein neuer Mordfall!

Dass es sich um Mord handelte, war seit wenigen Minuten klar. Der Notarzt hatte vergeblich versucht, das Opfer wiederzubeleben.

»Wo isch eigentlich de Hummel 'bliebe?«, unterbrach Winterhalter. Sein besonderes Augenmerk galt der Spurensicherung – weshalb er darauf achtete, dass keine unnötigen Fremdspuren auftauchten.

Riesle zuckte mit den Achseln.

»Herr Kriminalhauptkommissar?«, kam es aus dem Hintergrund.

»Polizeihauptmeister Becherer«, erwiderte Müller. »Haben Sie Spuren vom Täter?«

»Ja, Chef. Folgen Sie mir bitte. Wir haben eine sehr interessante Entdeckung gemacht«, erklärte der Beamte, der Dold gefunden und den Notarzt gerufen hatte.

Nachdem der Täter weder in der Kirche noch in der verwinkelten Gruft und im Turmgebäude aufgespürt werden konnte, blieb eigentlich nur noch der weitläufige Dachboden. Doch auch den hatten sie bereits erfolglos abgesucht.

Oder der Täter war über die Dächer geflüchtet.

Sie folgten dem Polizeihauptmeister. Der stieg bereits ein paar Holzstufen an der Längsseite des Dachbodens hinab. Auf der verwinkelten, provisorisch anmutenden Treppe begegnete ihnen Bäuerle.

»Wohin führen diese Stufen?«, wollte Müller wissen.

»Zwischen dem Dachboden und der Kirchendecke gibt es einen Zwischenraum. Dort führen sie hin«, erklärte Didi Bäuerle.

»Heiliger Strohsack. Des isch ja des reinste Labyrinth«, schimpfte Kommissar Winterhalter.

»Sehen Sie mal hier!« Auf halber Höhe der Treppe, noch bevor sie den Zwischenraum erreicht hatten, wies Becherer mit seiner Taschenlampe auf eine aufgebrochene Tür, die sich an der meterdicken Seitenwand der Kirche befand. Daneben lag ein eiserner Kerzenständer, den der Täter zweckentfremdet hatte.

»Nanu, wohin führt denn diese Tür?«, fragte Müller.

»Zur Karl-Brachat-Realschule. Das Gebäude beherbergte früher das Kloster«, gab Bäuerle Auskunft.

»Genauer gesagt führt sie zum Kopierraum der Realschule«, präzisierte Klaus Riesle, der sich bestens auskannte. »Das ist doch meine ehemalige Schule.«

»Natürlich«, antwortete Müller spitz, der immer noch sauer auf den quirligen Lokaljournalisten war. »Sie sind wie immer im Thema.«

Per Funkgerät gab Müller den anderen Polizeibeamten die Anweisung, den Raum zwischen Dachboden und Decke abzusuchen. Zumindest theoretisch konnte sich der Täter auch noch dort aufhalten.

Dann ging er forsch voran in den dunklen Raum.

»Becherer! Kollege Winterhalter! Worauf warten Sie? Vielleicht erwischen wir ihn ja noch.« Während die beiden noch zögerten, war Riesle dem Hauptkommissar bereits gefolgt.

»Ich kenne mich gut aus, Hauptkommissar Müller. Vielleicht kann ich Ihnen den Weg weisen«, bot er nicht ganz uneigennützig seine Hilfe an.

»Na gut, Riesle. Vielleicht können wir Sie ja ausnahmsweise mal gebrauchen«, antwortete Müller nach kurzem Nachdenken. »Und Sie wissen wirklich nicht, wo Hummel steckt?«

Riesle schüttelte den Kopf.

Leise schlichen sie durch die Gänge und Treppen des Schulhauses, durchsuchten nach und nach jeden Winkel. Nichts.

Müller vermutete, dass sich der Täter ins Erdgeschoss geflüchtet hatte, um sich von dort aus Zugang ins Freie zu verschaffen. Als sie den Kiosk am Haupteingang der Schule erreichten, sahen sie, dass die Scheiben der Tür eingeschlagen waren.

Bäuerle leuchtete mit seiner Taschenlampe durch die freigeschlagene Öffnung nach draußen.

Der Lichtschein fiel auf ein bebrilltes Gesicht, das sich auf der anderen Seite der Eingangstür befand.

»Wer sind Sie?«, rief Müller dem Mann zu.

»Wer sind *Sie,* wenn ich fragen darf?«, gab dieser zurück. »Und was machen Sie hier um diese Zeit?«

»Herr Kaiser?«, vergewisserte sich Riesle.

»Ganz recht. Und wer sind Sie?«, kam es zurück.

»Klaus Riesle. Ein ehemaliger Schüler.«

»Oje.« Kaiser schien nicht gerade positive Erinnerungen an ihn zu haben.

»Das ist Kriminalhauptkommissar Müller«, erklärte Klaus. Und dann, zu Müller gewandt: »Herr Kaiser ist der Hausmeister der Schule.«

Müller zeigte ihm seinen Dienstausweis, woraufhin der Schulhausmeister die Tür aufschloss.

»Vor etwa zwanzig Minuten habe ich ein lautes Klirren gehört«, erzählte er. »Ich wohne um die Ecke und habe mich gleich aufgemacht, um nach dem Rechten zu sehen.«

»Sehr gut, Herr Kaiser«, lobte Müller. »Haben Sie sonst irgendwas Seltsames bemerkt?«

Kaiser überlegte. »Vor etwa einer Stunde haben zwei Männer eilig den Lehrerparkplatz verlassen.«

Müller witterte eine Spur. »Wie sahen die denn aus?«

»Ich habe sie nur von hinten gesehen, als ich aus dem Schulhaus kam. Ziemlich groß, würde ich sagen. Ich sehe leider nicht mehr so gut.«

»Und sonst? Gesicht, Haarfarbe?«, bohrte Müller nach. »Hautfarbe?«

Kaiser zuckte mit den Schultern.

»Die sind längscht über alle Berge«, vermutete Winterhalter.

Sie überquerten den Pausenhof in Richtung Benediktinerkirche. Riesle erinnerte sich, wie sie als Jugendliche mit einem Tennisball gegen die Schulwand gekickt hatten. Er dachte an die Stunden beim strengen Physiklehrer, der sie ständig mündlich abgefragt und dann mit einem riesigen Füllfederhalter und mit diebischer Freude Fünfer und Sechser in sein rotes Notenbüchlein eingetragen hatte.

Über den Innenhof des Münster-Gemeindezentrums betraten sie wieder die Kirche und stiegen die Empore hinauf, wo Winterhalter sich mit den Kollegen von der Spurensicherung austauschte.

Auf halbem Weg kam ihnen Hubertus entgegen.

Klaus war beruhigt. Seinem Freund war also nichts zugestoßen.

Dieser zog einen halb zerfetzten Zettel aus der Tasche. »Gut, dass ich Sie noch treffe, Herr Kommissar. Hier habe ich vielleicht einen wichtigen Hinweis für Ihre Ermittlungen«, verkündete er.

Müller nahm ihm das Schriftstück ab und warf einen Blick darauf. »Was ist das?«

»Offenbar handelt es sich um den Teil einer Spenden-quittung für die Silbermann-Orgel. Das Papier lag auf der Empore neben dem Opfer. Es könnte sein, dass Dold es dem Mörder während des Kampfes entrissen hat«, mut-maßte Hummel. »Der, bei dem Sie die andere Hälfte fin-den, ist wahrscheinlich der Mörder.«

»Hummel!«, rief Müller wütend. »Sie und Ihr Zei-tungsfritze sind die größten Dilettanten. Haben Sie schon mal etwas von Spurensicherung gehört?«

Er ließ die beiden Hobbydetektive und Mesner Bäuerle auf der Treppe zur Orgelempore stehen. »Sie haben jeden-falls den Spurenträger kontaminiert.«

»Von wegen Spurensicherung«, murmelte Hummel. »Müllers Pappenheimer hätten die Quittung womöglich nicht mal gefunden.«

Klaus pflichtete ihm bei: »Und das ist also der Dank dafür, dass wir ihm helfen wollten. Von dem lassen wir uns die Ermittlungen nicht verbieten.«

Didi Bäuerle griff unterstützend ein. »Vielleicht wollt ihr ja noch einen Blick ins Innere des Turms werfen?«

Das hörte sich gut an.

Sie holten die inzwischen bibbernde, aber tapfer aus-harrende Kerstin vor der Kirchentür ab. Immerhin hatte sie einen eloquenten Gesprächspartner gehabt: den Dekan.

Kurz vor der Empore zweigten ein paar steile Holzstu-fen in Richtung Turm ab. Auf dem Weg nach oben warfen sie einen Blick vom Aussichtsbalkon des Kirchturms.

Es hatte wieder zu schneien begonnen. Die unter der weißen Pracht liegenden Dächer der nächtlichen Altstadt wirkten beinahe märchenhaft. Hier und da überragten kleine Erkertürmchen das Häusermeer ebenso wie die prächtigen angestrahlten Zwillingstürme des Villinger Münsters.

»Atemberaubend!«, schwärmte Hummel, der für einen Moment den Mord vergessen hatte.

In der Ferne sah er die dreieckigen Hochhäuser des Terra-Wohnparks.

Dort wohnte Elke.

War in ihrer Wohnung Licht? Er wusste es nicht.

14. TENNENBRONN

Hummel konnte lange nicht einschlafen. Warum musste sein Doppelbett immer noch so leer sein? Trug er womöglich eine gewisse Mitschuld? Im Lauf der nächsten Stunden wurde ihm klar, dass es nicht zuletzt an seiner verdammten unkontrollierbaren Eifersucht lag. Er schwor sich: Wenn Elke ihm noch eine Chance geben würde, dann hielte er sich künftig mit solchen Ausbrüchen zurück.

Schlaf brachte ihm das noch lange nicht. Immer wieder schaute Hubertus auf die rote Digitalanzeige seines Radioweckers. Als er sich endlich eingeredet hatte, dass Elke und er schon wieder zusammenkommen würden, ging ihm der Mordfall im Kopf herum. Warum war dieser Dold umgebracht worden? Und von wem? Wo war der Zusammenhang zwischen den beiden Morden? Wenn es wirklich nicht Dold war, der Schlenker getötet hatte, müsste es dem tatsächlichen Mörder doch recht gewesen sein, dass man einen Unschuldigen verdächtigte.

Hummel kam nicht weiter. Außerdem spürte er angesichts der Mordgeschichten eine unbestimmte Angst in sich aufsteigen.

In dem fast siebzig Jahre alten Haus hörte er heute Nacht mehr Geräusche als sonst.

Einbrecher?

Er wälzte sich aus seinem Bett, ging ans Fenster und

schaute auf die Straße. Doch da rieselte nur leise der Schnee vom Himmel.

Offenbar war er nervlich angeschlagen. Er ging nach unten in die Küche und trank ein Glas Mineralwasser.

Aber halt, war da nicht etwas gewesen? Vorsichtig tapste Hubertus in den dunklen Flur – doch, da war ganz sicher jemand. Da war ein fremder Geruch.

Und dann sah er den Schatten einer Gestalt, die auch ihn bemerkt zu haben schien.

Was sollte er tun? Das Licht anmachen? Aber möglicherweise würde der Eindringling ihn dann angreifen!

Hubertus entschied sich, mit der Mineralwasserflasche nach dem Unbekannten zu werfen. Er versuchte, die Person anzuvisieren, die nun stocksteif dazustehen schien. Zum Glück hatte er die Plastikflaschen im Haushalt vor einiger Zeit wieder durch solche aus Glas ersetzt. Das müsste reichen, um den Einbrecher niederzustrecken, zumal der eher schmächtig wirkte. Hubertus holte also aus und …

»Papi?«, wisperte es da.

Martina! Er senkte die Flasche und stöhnte, während Martina das Flurlicht anknipste.

»Verdammt noch mal, hast du mich erschreckt!«, fauchte er.

»Entschuldigung, aber ich wohne auch hier«, sagte Martina empört und erleichtert zugleich.

Das hatte er vor lauter Panik fast vergessen. Aber musste sie nicht eigentlich schon längst im Bett sein?

»Es ist fast drei Uhr morgens«, stellte er mit einem Blick auf die Uhr fest. Immer noch glaubte er, irgendwo ein Geräusch zu hören.

»Hast du etwa einen Kerl mitgebracht?«, fragte er streng. »Und wie du riechst!« Irgendwie kam ihm dieser Geruch bekannt vor.

Martina schüttelte den Kopf. »Papi! Wir waren im Bistro. So riechst du seit unzähligen Jahren, wenn du abends nach Hause kommst.« Sie zog die Nase kraus: »Es wird Zeit, dass Mami wieder einzieht. Du bist in letzter Zeit kaum auszuhalten. Gute Nacht!«

Sie strich sich die Haare aus dem Gesicht und verschwand in ihrem Zimmer.

Kurz vor neun klingelte es an der Haustür. Hubertus wälzte sich in seinem Bett: Konnte Martina nicht aufmachen?

Das Klingeln wurde forscher.

Fluchend und völlig übermüdet schlurfte Hummel die Treppe hinunter und öffnete die Haustür.

»Los!«, rief Klaus. »Wir sind zum Frühstück verabredet, falls du das nicht mehr weißt!«

Er drückte ihm eine Tüte mit Brezeln und Laugenbrötchen in die Hand. »Kaffee machen! Los!«

Klaus war eine Nervensäge. Nun stand er auch noch neben Hubertus im Bad, während der eine äußerst oberflächliche morgendliche Katzenwäsche absolvierte. Nach zwei Tassen Cappuccino – Martina war immer noch nicht zu sehen – erinnerte er sich wieder: Sie hatten sich zu einem Besuch bei Didi verabredet.

Seinen Freund hatte er heute mal ausnahmsweise für sich allein, denn Kerstin war bei ihren Eltern, wie Klaus erklärte.

»Jetzt sag doch mal«, redete dieser auf Hubertus ein. »Ist 'ne Spitzenfrau, oder?«

» Sie scheint ganz nett zu sein «, meinte Hummel reserviert.

» Nett? «, protestierte Klaus. » Du spinnst wohl. Das Mädchen ist klasse. «

Hubertus nickte. » Mädchen? Ja ja. Ich bin nur noch etwas müde. «

Er betrachtete sich im Badezimmerspiegel und zog dann einen schwarzen Rollkragenpullover über das Unterhemd.

» Also, ich fasse zusammen «, referierte Klaus. » Auf dem von dir am Tatort gefundenen Zettel waren vom Namen des Spenders noch die Anfangsbuchstaben ED zu erkennen. Und die Quittung begann mit der Ziffer 4. So viele Spender kommen da nicht infrage. Also könnte einer davon der Mörder sein! «

» Kann nicht jemand absichtlich den Zettel am Tatort deponiert haben? Vielleicht als Ablenkungsmanöver? «, schlug Hubertus im Auto auf dem Weg durch die Südstadt vor.

» Das kann ich mir kaum vorstellen «, meinte Klaus, der sich auf den Eisschollen mit Kerstins Panda herumplagte. » Für mich ist das schon eine heiße Spur. Aber warum bitte wird überhaupt jemand in der Benediktinerkirche ermordet? «

Didi ging es wie Hubertus: Auch er war total übermüdet.

» Toll «, wandte er sich an Klaus. » Die ersten deiner Medienfreunde haben mich um halb acht aus dem Bett geklingelt. Gleich kommt der SWR, und irgendein TV-News-Team aus Freiburg hat sich auch schon angekündigt. Die machen was für Pro 7. Abgesehen davon wird sicher die Polizei gleich noch mal auftauchen. Und ich weiß nicht, ob ihr diejenigen seid, die der Kommissar unbedingt sehen will.«

»Dann lass uns keine Zeit verlieren«, unterbrach ihn Klaus. »Sei unbesorgt: Wenn ich was schreibe, spreche ich es vorher mit dir ab. Ich schwöre.«

»Also!« Hubertus scharrte ungeduldig mit den Füßen, die heute in Moonboots verpackt waren. »Wo sind die Listen der Spender für die Silbermann-Orgel?«

»Die hat Kommissar Müller mitgenommen«, antwortete Didi Bäuerle.

Klaus stöhnte.

Hubertus kam auf eine Idee: »Aber hängt nicht noch eine Liste oben auf der Empore?«

Bäuerle nickte.

Wenig später standen die beiden gemeinsam mit Didi am Seiteneingang der Kirche.

»Also, wir brauchen die Namen, die mit der Buchstabenfolge ED beginnen, in Kombination mit einer Vierernummer«, flüsterte Hubertus, während sie zur Empore hinaufstiegen.

Die Patenschaftstafeln befanden sich gleich auf der rechten Seite.

Ganz oben auf der Liste waren der ehemalige Oberbürgermeister und seine Gattin aufgeführt. Ansonsten hatte sich jeder, der etwas auf sich hielt, an der Spendenaktion beteiligt.

Bürgersinn nannte Hubertus so etwas. Zumal er ja auch selbst auf der Liste auftauchte. »Ich war einer der Ersten«, prahlte er. »Das war für mich natürlich eine Ehrensache, denn ...«

»Protzen wir jetzt, oder suchen wir den Mörder?«, unterbrach ihn Klaus schroff.

Wortlos machte sich Hubertus auf die Suche unter den Spendern. Mit der Buchstabenfolge ED tauchte zwar ein Eduard Bauer auf, der war aber unter Nummer 3692 gelistet.

Bald verschwammen die Namen und Zahlen vor Hubertus' übermüdeten Augen. Zu guter Letzt landete er tatsächlich noch einen Treffer: Edgar Moosmann, Tennenbronn – mit der Nummer 4345!

»Nicht schon wieder Sie beide!«, zischte es plötzlich aus dem Hintergrund. Kommissar Müller!

Didi hatte offenbar den Braten gerochen und sich rasch verabschiedet, nachdem er eine Weile tatenlos neben den Freunden gestanden hatte.

Nur, weil Kommissar Müller offenbar auch eine gute Kinderstube genossen und Respekt vor dem Inneren einer Kirche hatte, hielt er sich einigermaßen zurück.

»Gehen Sie jetzt sofort! Das hier ist ein Tatort«, sagte Müller halblaut und schaute sie durch die kleinen Gläser seiner Brille böse an.

Hubertus war zwar erschrocken, schaute aber tapfer die letzten Namen durch. Kein weiterer mit den Anfangsbuchstaben ED.

Sie folgten Müllers Befehl widerspruchslos.

Als sie vor der Kirche standen, fragte Klaus: »Ja, und? Hast du was gefunden?«

Hubertus sah sich um. »Lass uns das im Wagen besprechen.«

Riesles geliehener Panda stand auf dem Rathausparkplatz.

»Edgar Moosmann, Tennenbronn«, platzte es aus Hubertus heraus, kaum dass sie im Wagen saßen. »Nummer 4345.«

»Ich habe auch einen Treffer«, sagte Riesle.

»Und?«

Riesle grinste.

»Kennen wir die Person?«, fragte Hummel aufgeregt.

Riesle nickte.

»Komm, mach's nicht so spannend!« Hubertus strich sich nervös über das spärliche Haar, das vom dauernden Schneefall nass geworden war.

»Du wirst es nicht glauben: Edelbert Burgbacher«, sagte Riesle und grinste wieder.

Hubertus war perplex. Dann entschied er sich für ein Lachen.

»Stimmt, daran habe ich gar nicht gedacht«, sagte er. »Der hat auch für die Orgel gespendet. Und er hatte auch eine Vierernummer?«

Klaus nickte. »4312.«

»Na ja, das reduziert die Zahl der Verdächtigen doch auf einen«, meinte Hubertus dann.

Klaus tippte derweil die Nummer seiner Redaktion ins Handy ein. »Wir fahren jetzt nach Tennenbronn«, entschied er. »Und dann suchen wir diesen Herrn Moosmann mal auf und fragen ihn, ob ... Hallo, Michael?«

Nachdem Klaus seinem Chef eine Geschichte über den Mord versprochen und Moosmanns Adresse herausgefunden hatte, gab er Gas.

»Der Mord im Zug ist irgendwo zwischen Triberg und St. Georgen passiert. Von da aus ist es nicht weit nach Tennenbronn – könnte also hinkommen!«

»Sollten wir da nicht vorher anrufen?«, meinte Hubertus.

»Nein, wir machen das mit einem Überraschungseffekt. In der Weihnachtszeit sind eh alle daheim.«

»Wie man an uns sieht«, murmelte Hummel ironisch.

Als Tennenbronnexperten konnte man Hubertus und Klaus nicht gerade bezeichnen. Wahrscheinlich gelang es ihnen deshalb, sich in dem nicht einmal viertausend Einwohner zählenden Ort zweimal zu verfahren, obgleich sie sich an einer Hinweistafel kundig gemacht hatten.

»Ein Navi ist manchmal gar nicht so schlecht«, bemerkte Hubertus spitz. »Sag das mal deiner Freundin.«

Riesle schwieg mit zusammengebissenen Zähnen und wendete zum wiederholten Mal den Panda.

Dank der sachkundigen Hilfe zweier Schülerinnen, die am Dorfplatz auf einer Bank saßen, gelangten sie schließlich ans Ziel. »Nummer 16, Nummer 18, gleich haben wir's«, dirigierte Hubertus.

Es war ein schlichtes älteres zweistöckiges Haus, vor dem sie schließlich haltmachten. Klaus war auf die nicht ganz legale Idee gekommen, sich als Vertreter seiner Zeitung auszugeben und etwas von einem Gewinnspiel für alle Sponsoren der Silbermann-Orgel zu erzählen. Dann würde man ja sehen, ob die Originalquittung noch da war.

Sie klingelten.

Eine ältere Dame öffnete.

»Einen schönen guten Tag, Schwarzwälder Kurier«, sagte Klaus. »Ist Herr Edgar Moosmann zu sprechen?«

»Nei«, sagte die ältere Dame, vermutlich Frau Moosmann.

»Entschuldigen Sie«, schaltete sich Hummel ein. »Es wäre aber sehr wichtig.«

»Der isch nit zu spreche«, bekräftigte die Dame. Sie mochte etwa siebzig Jahre alt sein und wirkte ein wenig verschroben. Irgendetwas stimmte hier nicht. Vielleicht war es ihr Sohn, und sie wollte ihn decken?

»Bitte bringen Sie uns doch zu ihm«, sagte er.

Die ältere Dame zögerte.

»Bitte«, insistierte Hummel. »Es ist wirklich wichtig!«

Schließlich zuckte sie mit den Schultern: »Wartet Se mol.«

Na also. Die Tür ging zu, und nach etwa zwei Minuten erschien Frau Moosmann wieder – allerdings allein. Sie hatte einen schwarzen Mantel an und einen Hut in derselben Farbe auf. »Dann kommet Se halt mit.«

Sie lief die Straße entlang.

Hubertus und Klaus folgten erwartungsfroh. Wahrscheinlich hatte sie ihren Sohn gerade angerufen.

Nach einigen Hundert Metern erreichten sie den Minigolfplatz. War er hier?

Nein.

Zwei Minuten später trat das ungleiche Trio durchs Friedhofstor.

»Treffen wir Ihren Sohn dort?«, fragte Klaus.

Frau Moosmann führte einen Zeigefinger an die Lippen und bedeutete ihnen, still zu sein.

Hummel sah nach links, nach rechts. Wo war er nur?

Nach wenigen Metern blieb die ältere Frau vor einem Grabstein stehen.

»Edgar Moosmann, 1933 – 2011« war darauf zu lesen.

Mit bedröppelter Miene saßen die beiden Hobbydetektive wenig später im Auto. Auch nach fünfzehnminütiger Fahrt schwiegen sie sich noch an.

Hubertus war peinlich berührt und frustriert.

Klaus hing seinen eigenen Gedanken nach. Die Aggressivität, mit der er fuhr, ließ auf keine besonders gute Laune schließen.

Als sie an Peterzell vorbeirasten, wurde das Schweigen von Hummels Handyklingeln unterbrochen. »Teilnehmer unbekannt«, stand auf dem Display.

Es war Edelbert.

»Dich ruft ein Mörder an!«, dröhnte der so laut, dass Klaus mithören konnte.

»Ich werde eines Mordes in der Benediktinerkirche gestern Abend verdächtigt. Wegen meines Vornamens und irgendeiner Quittung für die Silbermann-Orgel-Spende. Alles klar? Nein? Nichts klar? Gut: mir nämlich auch nicht!«

Offenbar hatte die Polizei ebenfalls die Liste überprüft.

»Und? Wo warst du gestern Abend?«, fragte Hummel zurück. »Wir haben im Bistro auf dich gewartet.«

»Das ist ja wohl ein Affront!«, brüllte Edelbert los. Dann senkte er seine Stimme theatralisch: »Entschuldige, aber ich musste einen Mord begehen. Da kann man eine Verabredung mit dir schon mal vergessen!«

»Ich meine«, korrigierte Hubertus, »konntest du ein Alibi angeben?«

»Das geht euch überhaupt nichts an, wo ich war«, rief Edelbert. »Das habe ich auch diesem Kommissar gesagt.«

Der Panda war mittlerweile auf der Höhe von Mönchweiler angekommen.

»Gib mal her!« Riesle riss das Handy an sich, wobei der Wagen fast ins Schlingern geriet.

»Edelbert, Klaus hier. Hast du die Quittung deiner Spende für die Silbermann-Orgel noch irgendwo?«

»Das hat mich die Polizei auch gefragt«, antwortete Edelbert dröhnend. »Glaubt ihr etwa, ich bewahre das alles auf? Ich bin Künstler, kein Buchhalter, verdammt noch mal. Diese Idioten unterstellen mir als Motiv, dass Edelmann unser Theater nicht mehr sponsert!«

»Hat die Brauerei euch denn früher mal unterstützt?«, wollte Klaus wissen.

»Eine Weile haben sie Geld für Kostüme und Aufführungen herausgerückt, seit einem Jahr aber nicht mehr. Die müssen halt auch sparen. Natürlich war ich deswegen sauer – das habe ich diesen Polizisten auch gesagt. Ich habe nichts zu verbergen!«

»Und wie haben die Polizisten darauf reagiert?«, fragte Klaus besorgt.

»Ja, wie wohl?«, gab Edelbert zurück. »Schlecht natürlich. Sonst würde ich dich wohl nicht vom Polizeirevier aus anrufen.«

15. PROKURIST PROKOPP

Endlich. Es hatte aufgehört zu schneien. Sie würden die Strecke nach Schwenningen in einer für Klaus halbwegs akzeptablen Zeit schaffen.

Zumal der auch wieder stolz am Steuer seines inzwischen reparierten Kadetts saß und kaum zu registrieren schien, dass auf dem Beifahrersitz seine Freundin Kerstin einen Überblick über die Schwenninger Stadt- und insbesondere Uhrengeschichte gab. Die Firmen Kienzle und Bürk hatte sie schon zur Gänze behandelt, nun war sie gerade beim Großfeuer von 1850.

»Über hundert Häuser sind damals abgebrannt, stellt euch das mal vor.«

Kein Zweifel, auch in Kerstin kam mitunter die Lehrerin durch. »Ein Siebzehnjähriger hat damals seinem Vater Geld aus dem Wandkasten gestohlen und aus Angst vor Entdeckung das ganze Haus angezündet«, berichtete sie.

»Durch den Wind hat das Feuer auf andere Häuser übergegriffen, und schließlich ist der gesamte Nordteil Schwenningens abgebrannt.«

»Jetzt lass uns mal über den Fall sprechen«, unterbrach Klaus seine Freundin. Die schwieg gekränkt.

In mancherlei Hinsicht war sie eine weibliche Ausgabe von Hubertus Hummel. Optisch allerdings nicht – zum Glück.

»Kerstin!« Riesle tätschelte versöhnlich ihren linken Oberschenkel. »Erzähl uns was über den Prokuristen.«

»Herr Prokopp ist ein sehr netter Mann um die fünfzig, der unter dem drohenden Niedergang der Firma leidet«, sagte Kerstin schmollend. »Was wollt ihr noch wissen? Freut euch lieber, dass ich euch den Termin bei ihm besorgt habe. Noch mag er mich.«

Nachdem die Spur Tennenbronn im Sande verlaufen war, hatten Klaus und Hubertus sich den Fall noch einmal vorgenommen und waren zum Schluss gelangt, dass sie jeden noch so kleinen Hinweis sorgfältig abarbeiten mussten.

Wie den von Kerstin.

»Wie gut kennt Prokopp denn Benzing?«, fragte Hubertus.

»Keine Ahnung. Ich würde euch aber bitten, diskret zu sein«, sagte Kerstin. »Wenn der rauskriegt, dass ihr gar keinen Artikel über die Uhrenindustrie schreiben wollt, wird er mächtig sauer sein.«

Kerstin hatte Prokopp gefragt, ob zwei befreundete Journalisten ihn für die Wirtschaftsseite interviewen könnten. Hubertus kam die Rolle als Fotograf zu – Klaus hatte ihm eine Digitalkamera aus seiner Redaktion in die Hand gedrückt.

»Stell den Automatikmodus ein, dann kann nichts schiefgehen«, hatte Klaus ihm geraten. Vor dem Besuch in der Uhrenfirma setzte Klaus seine Freundin nebenan vor ihrem Haus ab.

Mit in die Firma zu kommen hatte sie kategorisch abgelehnt.

Sie traten durch das schöne gusseiserne Firmentor an die Pförtnerkabine und fragten sich zu Prokopp durch.

Sein Büro lag im zweiten Stock. Ein zweckmäßig eingerichteter Raum mit einem großen Schreibtisch und einem kleineren Besprechungstisch, zwei Stühlen und zahlreichen Uhren verschiedener Größe an der Wand, die unaufhörlich tickten.

Der Prokurist sah genau so aus, wie sich Hubertus einen Prokuristen vorstellte: Er war schmal, ging so aufrecht, als hätte er einen Besenstiel verschluckt, und trug ein weißes Hemd mit Krawatte.

»Aha, die Herren vom Kurier«, begrüßte er sie. »Es wäre mir schon lieber gewesen, wenn Sie mit Frau Schuster gesprochen hätten. Aber wenn es so dringend ist mit Ihrem Artikel ...«

Hubertus schaute verdutzt und nestelte verlegen an seiner Kamera herum.

Nachdem Prokopp zehn Minuten lang von der Konkurrenz aus Fernost, der Uvax-Geschichte, dem schwieriger werdenden Geschäft und der sicherlich dennoch positiven Zukunft für die Firma gesprochen hatte, unterbrach ihn Klaus.

»Prima, Herr Prokopp, jetzt haben wir unsere Geschichte. Nun sprechen wir mal außerhalb des Protokolls.«

Er deutete mit seinem Kugelschreiber auf sein Gegenüber und fragte dann eine Spur zu forsch: »Wir werden nichts darüber schreiben, versprochen, aber lassen Sie uns mal Klartext reden. Die Firma steht doch kurz vor der Übernahme. Warum sträubt sich Frau Schuster-Benzing?«

Prokopp schien überrascht. »Ich weiß nicht, was Sie meinen ...«, sagte er dann.

Klaus beugte sich vor.

Er war ganz in seinem Element. Eigentlich hatte er mal Polizist werden wollen. Und das hier war eine ganz ähnliche Szene: Kommissar Riesle beim Verhör.

Hubertus war nur noch Statist.

»Wir haben zwei Möglichkeiten, Herr Prokopp«, erklärte Klaus. »Entweder ich schreibe nur das, was Sie in den letzten Minuten gesagt haben, oder« – er deutete wieder mit dem Kugelschreiber auf Prokopp – »ich schreibe all das, was ich über Ihre Firma weiß, und noch ein paar Dinge mehr ...«

Hubertus traute seinen Ohren nicht. Der Misserfolg in Tennenbronn schien aus Klaus mehr denn je einen richtig scharfen Hund zu machen.

»Wir sind Anzeigenkunden Ihres Blatts, Herr Riesle«, erinnerte ihn Prokopp.

»Redaktion und Anzeigenteil sind trotz der momentanen Wirtschaftslage immer noch voneinander unabhängig, Herr Prokopp«, entgegnete Klaus trocken. »Glauben Sie mir: Entweder Sie erzählen mir die Hintergründe, oder Sie erschrecken morgen beim Blick in den Kurier.«

Hubertus zupfte immer noch an seiner Digitalkamera herum. Offenbar war er Zeuge einer kleinen Erpressung, mit der Klaus nun das Ermittlerglück erzwingen wollte.

Sehr unangenehm.

Aber sie wirkte offenbar.

Prokopp zögerte noch etwas und strich sich über seine Krawatte. »Habe ich Ihr Ehrenwort?«, fragte er dann.

»Definitiv«, bestätigte Klaus.

»Also«, begann Prokopp. »Die Firma hat tatsächlich gewisse Schwierigkeiten. Und Sie sind gut informiert: Es liegt ein Angebot aus Japan vor. Wir wollen aber nicht verkaufen.«

»Wir?«, echote Klaus.

»Die Geschäftsführung.«

»Frau Schuster-Benzing? Oder doch vielmehr Herr Benzing, nicht wahr?«, setzte Klaus das Gespräch fort, das nun endgültig einem Verhör glich.

Prokopp sah wieder überrascht aus.

Er zögerte erneut.

»Herr Prokopp«, setzte Klaus nach. War da ein drohender Unterton in seiner Stimme?

»Herr Riesle, ich werde mich über Sie beschweren«, sagte der Prokurist.

Klaus lächelte. »Uvax steht vor dem Konkurs – das wäre doch ein schöner Aufmacher. Zumal Herr Benzing doch wohl zweifelsfrei plant, mit dem Geld aus dem Erlös der Bären-Brauerei die Uhrenfirma zu retten.«

»Das ist ja absurd. Sie wissen genau, dass Sie das Ihren Kopf kosten würde«, antwortete Prokopp.

»Lassen Sie das mal meine Sorge sein«, meinte Klaus scheinbar ungerührt. Dabei spielte er mit einem durchaus hohen Einsatz.

»Aber für Uvax wäre das ein Drama. Ich kenne auch den zuständigen dpa-Kollegen. Die sind immer an Wirtschaftsnachrichten interessiert – und das wäre eine bundesweit interessante. Wenn die Story erschienen ist, wird es meiner Einschätzung nach vielleicht gar keine Rettung mehr für die Uvax geben …«

Prokopp fixierte Riesle mit einem prüfenden Blick.

Hummel spielte weiterhin überhaupt keine Rolle. Er starrte auf seine Kamera, als hätte diese ihn hypnotisiert.

»Also gut«, sagte der Prokurist dann. »Wie Sie vielleicht wissen, hat der Großvater von Herrn Benzing Uvax gegründet. Herr Benzing fühlt sich dem verpflichtet und möchte die Uvax eines Tages an seinen Sohn weitergeben. Aber warum interessiert Sie das alles?«

»Ihr Dr. Benzing steht in dringendem Verdacht, etwas mit der Ermordung seines Kompagnons Dr. Schlenker zu tun zu haben«, mischte sich Hubertus ein.

Klaus warf seinem Freund einen bösen Blick zu. Gerade das wollte er Prokopp nicht unbedingt sagen.

»Dr. Benzing ein Mörder? Das ist ja lächerlich«, verteidigte der Prokurist den Magnaten.

»Zumindest hätte er ein plausibles Motiv für die Ermordung Schlenkers gehabt«, widersprach Riesle. »Dr. Benzing hatte es ziemlich eilig, die Bären-Brauerei abzustoßen. Er brauchte Geld, viel Geld – um die Uvax retten und sanieren zu können.«

»Eine ungeheuerliche Unterstellung«, echauffierte sich Prokopp. »Da können Sie ja genauso gut Frau Schlenker bezichtigen, etwas mit dem Tod ihres Mannes zu tun zu haben.«

»Wie kommen Sie denn darauf?«, fragte Hummel, der an seiner Rolle als Erpressungsgehilfe vorübergehend Gefallen gefunden hatte. Vermutlich, weil es nicht um seinen Job ging.

Prokopp, so hatte er überlegt, kannte ja nicht einmal seinen Namen.

Oder doch? O Gott!

Prokopp blieb die Antwort schuldig: »Verlassen Sie jetzt bitte mein Büro. Und zwar auf der Stelle!«

Die Rückfahrt nach Villingen dauerte noch länger.

Denn anstatt sich auf den Verkehr zu konzentrieren, diskutierten die Detektive die neuen Hinweise.

»Jetzt beschuldigen die sich schon gegenseitig: Die Witwe den Kompagnon Benzing, der Pokurist erwähnt wiederum die Witwe als potenzielle Tatverdächtige.«

Hubertus wurde es allmählich zu viel. Die Sache mit Elke, der Verdacht, der auf seinem Freund Burgbacher lastete, und schließlich zwei mysteriöse Morde in einem völlig verworrenen Fall. Er hoffte nur, dass er Prokopp nie mehr begegnen würde ...

»Wir müssen mal wieder nach Donaueschingen zu Edelmann, Huby«, sagte Klaus.

»Ruf lieber deinen Pressesprecherkollegen an«, meinte Hubertus. »Wenn wir da reinstürmen, werden die uns definitiv nichts sagen.«

Fünfzehn Minuten später saßen beide in Klaus' Junggesellenbude in der Villinger Hammerhalde. Hubertus entdeckte bei einem Gang auf die Toilette zwei Zahnbürsten, einen Damenwaschbeutel, Puder und Wattebällchen. Zumindest gelegentlich schien Kerstin hier zu übernachten.

Zudem schien die Anderthalbzimmerwohnung für Klaus' Verhältnisse verdächtig gut aufgeräumt. Keine leeren Pizzaschachteln, keine alten Zeitungen, und sogar das Bett war gemacht.

Während Riesle die Nummer des Edelmann-Pressesprechers wählte, stellte er Hubertus ein Bier hin. Leider hatte Klaus' Telefon keine Lautsprechertaste, weshalb Hummel nur seinen Freund sprechen hörte.

»Verstehe ich, dass ihr am Boden zerstört seid«, sagte der. Und dann: »Mm. Ja. Mm. Ja.«

Hubertus fragte sich, was Edelbert wohl gerade machte. Er musste nachher unbedingt versuchen, ihn anzurufen.

Der Bierdeckel vor ihm auf dem Tisch stammte von der Edelmann-Brauerei. Gedankenverloren zeichnete Hubertus mit einem Kugelschreiber die Buchstaben auf dem Deckel nach.

Ein E, dann ein D, wieder ein E und das L.

Witzig, die gleichen beiden Anfangsbuchstaben wie bei Edelbert.

Moment!

Hubertus stieß einen solchen Schrei aus, dass Klaus den Telefonhörer zuhielt. Kurz darauf war das Gespräch beendet.

»Was ist denn jetzt in dich gefahren, Huby?«, fragte Klaus.

Hummel konnte es kaum erwarten.

»Edelmann, Klaus! Edelmann! Die fangen doch auch mit der Buchstabenfolge ED an. Und sie haben sicher auch einiges für die Silbermann-Orgel gespendet. Meinst du nicht, dass eine Vierernummer dabei sein könnte? Wahrscheinlich sind die Privatspender und die Firmenspenden getrennt registriert – deshalb haben wir die auf der Liste nicht gesehen!«

»Verflixt – du hast recht! Wir müssen an der Benediktinerkirche vorbei«, sagte Klaus.

»Bei Edelmann gibt's übrigens nichts Neues. Die sind schockiert, ratlos und sauer auf die Presse. Mit dem Mord in der Kirche hätte sich dieser Verdacht gegen die Brauerei ja wohl endgültig erledigt, meinte Holger. Sie haben auch keine Ahnung, wer Dold umgebracht haben könnte.«

»Lass uns gleich Didi Bäuerle anrufen. Vielleicht weiß

der etwas über die Spendenquittung der Edelmänner«, schlug Hummel vor.

»Verdammt, die Firmenliste hatte ich ganz vergessen«, sagte der Hausmeister wenig später am Telefon und versprach, auf der entsprechenden Liste nachzusehen.

Kurz darauf klingelte Riesles Handy.

Didi Bäuerle war am Apparat.

»Ihr hattet recht«, sprudelte es aus ihm heraus. »Auf der Spenderliste für Firmen und Körperschaften sind die Edelmänner vertreten. Es gibt zwei Spendenquittungen von denen, und beide haben eine Nummer, die mit einer Vier beginnt.«

»Danke, Didi«, sagte Klaus, beendete das Gespräch und wandte sich Hubertus zu. »Wir haben einen neuen Verdächtigen. Wir haben sogar ganz viele Verdächtige – der Mörder muss einer der Edelmänner sein!«

Edelbert, den sie telefonisch in Kenntnis setzten, schien in einer Mischung aus Depression und Hysterie gefangen. »Ich soll die Stadt nicht verlassen, hat die Polizei zu mir gesagt. Die Stadt nicht verlassen! Ich!«

Immerhin war er wieder zu Hause. »Mein Anwalt hat gesagt, die Verdachtsmomente reichten keinesfalls für einen Haftbefehl aus. Und er hat die Polizei überzeugt, dass bei mir keine Fluchtgefahr bestünde. Fluchtgefahr! Ha! Sollen Sie mich doch gleich einsperren! Oder am besten auf dem elektrischen Stuhl grillen – weil ich eine Orgelpfeife gespendet habe!«

»Eddi«, versuchte Klaus vergeblich einzuhaken.

»Als Henkersmahlzeit möchte ich einen Wurstsalat aus dem Bistro«, dröhnte Edelbert weiter.

»Jetzt hör doch mal zu, Edelbert«, sagte Riesle laut.

»Mach dir keine Sorgen. Wir haben Hinweise, dass die Edelmänner mit dem Fall zu tun haben könnten. Wenn du ein Alibi für den Mord in der Benediktinerkirche hast, dann mach doch bitte eine Aussage.«

»Nein, das geht niemanden etwas an«, gab sich Edelbert stur. »Lieber lasse ich mich von denen umbringen!«

»Wir sind im 21. Jahrhundert und nicht in einem deiner Theaterstücke«, sagte Klaus ungehalten. »Verdächtigt dich die Polizei eigentlich auch wegen des ersten Mordes?«

»Nun ja, sie meinten, da sei ich nachweislich in der Nähe gewesen. Wahrscheinlich werden sie euch noch mal als Zeugen vernehmen. Ihr hättet nicht sagen sollen, dass wir alle geschlafen haben, während Schlenker umgebracht wurde.«

»Das stimmt aber, Eddi«, wandte Klaus ein. »Und damals wussten wir ja noch nicht, dass sich der Verdacht auch gegen dich richten könnte. Aber du warst doch die ganze Zeit mit uns im Abteil!«

»Die meinten aber, ich hätte mich theoretisch für den Mord entfernen können«, sagte Edelbert.

16. ROMEO IN MARBACH

Edelbert strich sich über seinen Rauschebart, dann über seine frisch rasierte Glatze. Er holte mit einer theatralischen Armbewegung zum Vortrag aus und hätte dabei fast das Rotweinglas umgeworfen, das vor seinem rundlichen Bauch stand.

Es schwappte über, und etwas von Burgbachers Lieblingswein – einem Lemberger-Trollinger – lief über die raue Granitplatte des Tisches. Er war manchmal widersprüchlich: Einerseits liebte er das Mediterrane über alles, andererseits auch das Bodenständige wie den Württemberger Rotwein.

Hubertus starrte ihn erwartungsvoll an. Er hatte aufgehört, die 0,5-Liter-Gläser zu zählen, die Gisela ihm hingestellt hatte.

Da Hummel und Burgbacher die letzten Gäste waren, widmete sie sich am Tresen nun einem regionalen Kriminalroman.

Hubertus war der Gerstensaft gehörig zu Kopf gestiegen.

»Mich, mich verdächtigt man«, hob Edelbert voller Pathos an. »Ich inseriere … äh … inszeniere Krimis. Ich habe es nicht nötig, mich als Mörder zu betätigen. Was glauben diese Kretins eigentlich?«

Die Verdächtigungen der Kripo hatten ihm gehörig zugesetzt. Aus der Brusttasche seines karierten Hemdes zückte er eine Schachtel Reval ohne Filter und zündete sich eine Zigarette an.

»Ich dachte, du wolltest aufhören zu rauchen?«, meldete sich nun Hummel endlich zu Wort. Auch seine Aussprache hatte etwas unter dem Alkoholkonsum gelitten.

»Wollte ich auch, aber wie soll man dieses ... dieses Affentheater ohne Glimmstängel aushalten?«, gab Burgbacher zu bedenken. Er nahm einen kräftigen Zug und blies dann mit stierem Blick einen Schwall von Qualm in die ohnehin schon verrauchte Luft des Lokals.

Hummel räusperte sich. Dann schwiegen sie sich eine Weile lang an, bis Gisela an ihren Tisch kam und abkassierte.

Burgbachers Einwand, doch noch etwas bestellen zu wollen, weil er ein treuer Stammgast sei, zog ebenso wenig wie sein Vorschlag, eine Lokalrunde auszugeben. Da Hummel und er die letzten Gäste waren, musste Gisela angesichts seines großzügigen Angebots herzhaft lachen, aber mit der doppelstädtischen Polizei wollte sie keinen Ärger in Sachen Sperrstunde bekommen.

Die beiden torkelten über die Schwelle des Ausgangs. Gisela zog unter lautem Getöse die eiserne Diebstahlvorrichtung zu und rief ein freundliches »Gute Nacht, Jungs« hinterher.

Als sie durch die Fußgängerzone schwankten, brach es aus Hubertus heraus. Er schüttete sein Herz über sich und »seine« Elke aus.

»Wir waren ein Traumpaar«, schwärmte er. »Das weißt du doch auch!« Er stupste ihn mit dem Zeigefinger an. »Eddi, ich muss sie wieder zurückgewinnen. Was soll ich nur tun?«

Zwar hatte Burgbacher liebestechnisch mit dem männlichen Geschlecht mehr Erfahrung, aber mit Frauen kannte er sich dank seiner exzentrischen Schauspielerinnen trotzdem bestens aus.

»Du musst dein Täubchen überraschen, sag ich dir«, meinte er und kratzte sich nachdenklich am Kinn. »Denk mal an die großen Liebesgeschichten. Ich sage nur ›Romeo und Julia‹. Der Klassiker. Da hat er ihr mit einer Klettertour auf einen schwindelerregend hohen Balkon den Hof gemacht. Ganz so waghalsig sollte deine Tour vielleicht nicht sein, aber …«

Edelbert blickte sich um.

Hubertus hatte sich in Luft aufgelöst. Vertrug Burgbacher etwa den Trollinger nicht mehr?

Eine seltsame Art, sich zu verabschieden …

Der Taxifahrer schaute verdutzt in den Rückspiegel. Was wollte dieser etwas beleibte, angetrunkene Mann mit einer Gitarre in der Hand zu so später Stunde?

Der Fahrgast war Hubertus Hummel, der nach Hause getorkelt war, sein Instrument vom Dachboden geholt und sich noch eilig frisch gemacht hatte, weshalb es im Taxi nach einer Mischung aus aufdringlichem Aftershave und kaum weniger aufdringlichem Bier roch.

Edelbert hatte recht. Und er selbst war nun wild entschlossen, Elke ein Ständchen zu bringen, um ihr Herz wieder für sich zu entflammen.

Er spürte den Leidensdruck der vergangenen Wochen. Sie sollte ihn endlich erhören oder ihn abweisen.

Sie würde sich entscheiden müssen.

Sie fuhren vor den großen zeltförmigen Hochhäusern

vor, die den Mietern Licht, Luft und Schwarzwaldpanorama versprachen. In einer Mischung aus Trunkenheit
und verliebter Anspannung drückte Hummel dem Fahrer
einen 50-Euro-Schein in die Hand, ohne auf das Restgeld
zu warten, und stieg hastig aus. »Stimmt so.«

»Aber das reicht ja sogar locker für die Rückfahrt«, rief
der Taxifahrer.

»Keine Rückfahrt. Ich übernachte hier!«

Hubertus war auf einmal unglaublich optimistisch.
Er steuerte entschlossen auf den Terra-Wohnpark Nr. 8
zu.

Nur war Elke hier leider nicht die einzige Mieterin. Deshalb würde Hummel die Namensschilder absuchen müssen.

Nannte sie sich Hummel oder Riegger?

Und war sie überhaupt allein? Würde er sie am Ende
gar mit Stadtrat Schulz oder einem anderen Nebenbuhler
bei einem Schäferstündchen antreffen?

Er spürte wieder die Eifersucht in sich aufsteigen.
Schließlich hatte Hubertus unter den zahllosen Klingel-
schildern eine E. Hummel ausgemacht. Auf dem Anrufbeantworter ihr Mädchenname, am Klingelschild Hummel?
Elke wusste wirklich nicht, was sie wollte.

Sollte die Anordnung der Klingelleiste mit den Woh-
nungen übereinstimmen, dann vermutete er ihr Domizil
im ersten Obergeschoss.

Gut.

Er stellte sich unter dem Fenster auf, wo er Elkes Schlafzimmer wähnte, und packte seine Klampfe aus der leder-
nen Hülle.

Wie lange mochte er sie nicht mehr angerührt haben?

Vermutlich zuletzt beim Wieslefest der Pfadfinder – oder allenfalls bei Studentenfeten in Freiburg … Zwanzig Jahre war das her, mindestens. Leise übte er ein paar Akkorde, doch die Nachwirkungen des Alkohols machten das Unterfangen nicht gerade einfacher. Seine Finger fühlten sich steif an – auch von der eisigen Kälte, die immer noch über der Gegend lag. Er überlegte, welches Stück er ihr darbieten sollte, und kam schließlich auf »My Lady D'Arbanville« von Cat Stevens – natürlich.

Mit einer langen instrumentalen Einleitung machte er sich Mut und stimmte sich auf die richtige Tonart ein.

Erst im zweiten Anlauf klappte es mit der Stimme. Beim ersten Versuch war ihm nur ein schrilles Krächzen entfahren.

»My Lady D'Arbanville, why do you sleep so still? I'll wake you tomorrow and you will be my fill, yes, you will be my fill …«

Hier und da gingen Lichter an. Hummel sah die ersten Gestalten, die auf ihren Balkon traten oder die Köpfe aus Fenstern streckten.

»Aufhören!« und »Unverschämtheit!«, tönte es ihm entgegen, doch er ließ sich nicht beirren und trällerte munter weiter.

Fast fünf Minuten lang.

»Ich hole die Polizei«, kreischte eine Dame aus dem vierten Obergeschoss.

Augen zu und durch, sagte sich Hubertus.

Mit geschlossenen Augen sang er weiter und verlor dabei – vermutlich auch alkoholbedingt – etwas das Gleichgewicht.

Plötzlich packte ihn jemand von hinten an der Schulter.

»Hubertus! Was ist los? Hast du den Verstand verloren?«

Elke stand im Morgenmantel hinter ihm im Schnee.

Hubertus hielt inne und öffnete wieder die Augen.

Ihm fehlten plötzlich die Worte. Selbst verschlafen sah sie zauberhaft aus.

»Was soll das? Du weckst ja die ganze Nachbarschaft auf!«, meinte seine Nochehefrau. Sie nahm ihn an der Hand und zog ihn Richtung Haus. In der anderen Hand hielt Hummel immer noch die Gitarre, die er jetzt wie in Trance hinter sich her schleifte.

Nachdem Elke die Wohnungstür von innen abgeschlossen hatte, drehte sie sich um und fauchte: »Hubertus Hummel! Was sollte das denn bitte gerade eben?«

»Ich wollte mal etwas ganz Besonderes für dich machen. Etwas Überraschendes. Etwas Romantisches. Das hast du dir doch in unserer Beziehung immer gewünscht.«

»Hör mal, Huby.« Elkes Tonfall wurde etwas sanfter. »Du weißt doch, dass ich im Moment keine leichte Phase durchmache. Ich brauche etwas Zeit für mich. Und du singst mir Lieder zu nachtschlafender Stunde …«

»Die letzten Monate waren für mich gefühlsmäßig eine einzige Achterbahnfahrt, Elke. Ich muss unbedingt mit dir reden.« Hummel rechnete mit allem: mit Vorwürfen, dass er sie ständig blamieren würde, und damit, dass sie ihn augenblicklich vor die Tür setzte.

»Also gut«, sagte Elke. »Schieß los.«

»Mit trockener Kehle lässt es sich schlecht reden«, wandte Hubertus ein.

Elke ging wortlos in die Küche und kam mit einer Flasche Rotwein zurück.

»Ein Pinot Noir aus der Bourgogne«, bemerkte Hubertus nach dem ersten Schluck.

Er blickte Elke an und wurde noch verlegener. Die nippte ebenfalls an ihrem Weinglas und nickte.

Im französischen Burgund hatten sie immer ihre Weine gekauft, ja, sie hatten sogar mal von einem Ferienhäuschen zwischen den Weinbergen geträumt.

Er überlegte, ob es ein gutes Zeichen war, dass ihm seine Angebetete nun einen Wein ausgerechnet aus dieser Gegend kredenzte.

Er fühlte sich mehr denn je zu ihr hingezogen, aber über seine Gefühle konnte er jetzt nicht sprechen. Und nun auch nicht mehr singen. Deshalb beschloss er, den Umweg über ihre gemeinsame Vergangenheit zu wählen.

»Weißt du noch, wie wir uns zum ersten Mal am Villinger Aussichtsturm geküsst haben? Eine laue Sommernacht …«

Elke lächelte. Zum ersten Mal lächelte sie! »Ja. Das war wirklich schön damals, Hubertus.«

Hummel bekam eine Gänsehaut. »Ja, das war traumhaft«, bestätigte er. Das Gespräch entwickelte sich gut.

War das der richtige Moment, um loszuschlagen?

»Aber das war eine andere Zeit«, sagte Elke wehmütig. »Das ist lange vorbei.«

Was für ein Dämpfer. Hummel war entsetzt. Was nun?

Er überlegte nur kurz, dann erhob er sich von seinem Stuhl und ging auf Elke zu.

17. HEISSE SPUR IM SCHNEE

Klaus schaltete in den fünften Gang und drückte aufs Gaspedal. Er konnte diesmal getrost mit hundert Sachen die Landstraße von Villingen in Richtung Unterkirnach nehmen. Schließlich war es ein herrlicher Tag – Schnee und Eis der vergangenen Nacht waren durch die kräftigen Sonnenstrahlen zusammengeschmolzen. Der Asphalt war endlich mal wieder griffig, so wie es sich der Hobbyrennfahrer immer wünschte.

Als links die verträumte, sonnenüberflutete Lichtung bei der Romäusquelle auftauchte, blickte er nach rechts auf den Beifahrersitz, wo sein Freund Hubertus Hummel saß. Riesles Grinsen wurde breiter und breiter. Schließlich prustete er laut los.

»Tut mir echt leid, Huby. Aber mit deinem engen knallroten Langlaufanzug siehst du einfach zu ulkig aus.«

Hummel ersparte sich eine Retourkutsche, denn er war völlig übermüdet. Stattdessen gähnte er und überlegte, ob er in seinem Zustand überhaupt auf die Loipe gehen sollte.

»Huby, lass uns noch mal den Fall rekapitulieren«, schlug Klaus vor. »Welches Interesse könnte Edelmann an Dolds Tod gehabt haben?«

Hummel öffnete den Reißverschluss seines Langlaufanzugs. Kleine Schweißperlen liefen ihm die Schläfen he-

runter. Die Wintersonne heizte den Innenraum von Klaus'
Kadett mächtig auf.

»Möglicherweise war Dold doch nicht so unschuldig …
Vielleicht war er ja tatsächlich Schlenkers Mörder«, spe-
kulierte Hubertus.

»Und einer der Edelmänner wiederum hat Dold umgebracht?«

»Genau. Eventuell war sein Alibi ja gar nicht wirklich
wasserdicht. Und Dold hatte die Brauereiführung in der
Hand.«

Klaus nickte. »Womöglich hat er sie erpresst und damit
gedroht, die ganze Sache auffliegen zu lassen.«

»Und dann haben sie keinen anderen Weg gesehen, als
den Mann zu beseitigen, den sie selbst zum Mord an
Schlenker angestiftet hatten«, ergänzte Hummel.

»Verrückt, aber nicht unmöglich.« Klaus schaltete in den
dritten Gang zurück, um seinen Wagen durch die scharfe
Kurve eines verschneiten Wäldchens gen Passhöhe zu jagen.
Von dort aus führten steile Serpentinen hinab ins Tal.

Hummel nahm den Faden wieder auf. »Aber welche
Rolle spielt dann Schlenkers Kompagnon Benzing? Haben
die vielleicht alle irgendwie unter einer Decke gesteckt?«

Klaus, der gerade den Wagen vor einem Ortsschild
abrupt abbremste, nickte zustimmend. »Wir sollten Benzing genauer unter die Lupe nehmen.«

»Zumal der es ziemlich eilig hatte, die Bären-Brauerei
zu verscherbeln und an Geld zu kommen. Und sein Mit-
gesellschafter Schlenker stand ihm da ganz offenbar im
Weg«, ergänzte Hubertus.

Die schmale Straße, die zu einem Hochplateau hinauf-
führte, war so eng, dass ein Überholen unmöglich war.

Hier und da gab es zwar kleine Ausbuchtungen, die aber lediglich dafür gedacht waren, dem Gegenverkehr auszuweichen.

Klaus blickte in den Rückspiegel. Er sah einen tiefergelegten roten Golf, der ihm schon zuvor aufgefallen war. Das sportliche Gefährt war Riesles Stoßstange bedenklich nahe gekommen und schlingerte nun wie wild hin und her.

»Mann! Der scheint's ja eilig zu haben!«

Als der Kadett gerade eine etwas breitere Stelle des Bergsträßchens passierte, hörte Klaus den Motor des Golfs laut aufheulen. Schnell sah er in den Rück-, dann in den Seitenspiegel und erkannte, wie der Wagen kurz ausgeschert war, aber auf halber Höhe sein Manöver abgebrochen hatte. »Spinnt der? Will er uns in diesem Nadelöhr doch tatsächlich überholen«, schimpfte Klaus und drückte auf die Tube.

Hubertus war mulmig zumute. »Klaus! Was soll das? Lass ihn doch vorbei!« Riesle hörte Hummels Worte nicht mehr. Er war bereits im Rennfieber und lenkte seinen Wagen konzentriert durch einige scharfe Kurven.

Doch je mehr er beschleunigte, umso dichter schien das rote Auto aufzufahren.

Als die Straße durch eine längere Ausbuchtung wieder etwas breiter wurde, nahm der Golf erneut einen Anlauf. Er röhrte wild.

Riesles Kadett konnte nicht mehr mithalten. Es verging nur ein kurzer Augenblick, und die beiden Fahrzeuge waren auf gleicher Höhe. Hubertus blickte kurz nach links, an Klaus vorbei, und machte eine große Gestalt hinter dem Steuer des anderen Wagens aus. Das Gesicht konnte er allerdings nicht erkennen.

Als der Golf fast vorbei war, machte der Fahrer einen abrupten Schlenker nach rechts. Klaus riss das Steuer herum, trat auf die Bremse. Hummel sah nur noch, wie sich alles um ihn herum drehte.

Das Adrenalin schoss ihm ins Blut und die wildesten Gedanken durch den Kopf. Würde er Elke je wiedersehen?

Würde Martina zur Halbwaise werden?

Ihm wurde schwarz vor Augen …

»Huby, aufwachen! Huby!«

Klaus tätschelte seinem Freund immer wieder die Wange.

Hummel öffnete die Augen und schaute benommen.

»Wo … wo bin ich? Was ist passiert?«

»Du warst einen Moment lang bewusstlos. Dieser Idiot hat uns gerade überholt und versucht, uns von der Straße abzudrängen.«

Hummel blickte sich um. Klaus' Opel stand quer in einer der Ausbuchtungen.

Er drehte den Kopf, um einen Blick durch die Heckscheibe zu werfen.

Dort war nur weiße Masse zu erkennen. Rieses Wagen hatte sich mit dem Hinterteil in eine meterhohe Schneewand gebohrt.

»Klaus! Der wollte uns umbringen!« Hubertus starrte seinen Freund entsetzt an.

»Ach was! Der wollte sich einen blöden Spaß erlauben. Vielleicht war das ja ein ehemaliger Rennfahrerkollege, der mich an meinem Wagen erkannt hat und mit mir noch eine Rechnung offen hatte. Ich sage dir: Bei den Stockcarrennen war früher mit mir nicht zu spaßen, da habe ich auch …«

»Von wegen Spaß«, unterbrach ihn Hummel. »Hast du nicht gesehen, wie der plötzlich rechts rübergezogen ist? Der hatte es doch auf uns abgesehen, Klaus.«

»Unsinn! Wer sollte es denn auf uns abgesehen haben?«

»Na, der Mörder.« Hummels Gesicht war immer noch kreidebleich.

»Jetzt übertreibst du aber, Hubertus Hummel. Und überhaupt: Ich habe die Situation die ganze Zeit im Griff gehabt und den Wagen mit einem brillanten Schleudermanöver sicher abgebremst.«

Allerdings musste er einen vollbärtigen Schwarzwaldbauern von einem der benachbarten Höfe mit dessen Traktor bemühen, um seinen fahrbaren Untersatz aus den Schneemassen ziehen zu lassen.

Der schüttelte nur mit dem Kopf, als er das fast eingegrabene Fahrzeug sah. »Sie müsset scho langsamer fahre, wenn's so viel Schnee hät«, redete ihm der Mann ins Gewissen.

Klaus lächelte nur und nickte, während er ihm einen 20-Euro-Schein für den Hilfsdienst in die Hand drückte.

Kurz darauf war er schon wieder bester Laune.

»Nach dem Schrecken wird uns die frische Schwarzwaldluft guttun.«

Er hatte sich seine Skatingskier untergeschnallt und drehte bereits eine Proberunde im gekonnten Schlittschuhschritt auf der drei Kilometer langen Laternenloipe.

Sein Freund war derweil noch damit beschäftigt, sich körperlich und mental auf seinen sportlichen Einsatz vorzubereiten. Hubertus warf einen Blick auf seine Fettpolster, die in dem engen Anzug noch stärker zur Geltung kamen, und war froh, dass Elke ihn so nicht sah. Er überquerte die Straße, nicht ohne noch mal nach dem roten Golf Ausschau zu halten.

Nichts.

Er schnallte sich die Skier unter und machte sich auf die längere Rundloipe in Richtung Spechttanne.

Es dauerte nicht lange, da hatte ihn Riesle bereits im Renntempo eingeholt.

Hummel war frustriert. Als Dreijähriger hatte er zum ersten Mal auf Skiern gestanden, doch irgendwie schien ihm im Laufe der Jahrzehnte das den Schwarzwäldern angeborene Skigefühl abhanden gekommen zu sein. Er versuchte, Schritt für Schritt seinen Rhythmus zu finden.

Eine Abzweigung von der Loipe führte über eine Lichtung, die einen weiten Rundblick auf das Schwarzwaldpanorama zwischen Kandel und Feldberg bot. Die Landschaft wirkte wie verzaubert. Eine meterdicke Schneeauflage glänzte im Sonnenlicht.

Hubertus vergaß für einen Augenblick die Anstrengungen und seine Müdigkeit. Wofür andere viele Hundert Kilometer Anfahrt in Kauf nahmen, das alles lag fast vor seiner Haustür. Die dicht bewaldete Berglandschaft, die Kuckucksuhren und die typischen Schwarzwaldhäuser mit den tief heruntergezogenen Krüppelwalmdächern hatten die Region weltberühmt gemacht.

Nach dem nächsten Anstieg war er völlig ausgepumpt.

»Keine Sorge«, beruhigte Klaus, dem die Puste überhaupt nicht auszugehen schien. »Nach dem Schwedenkreuz kommt eine schöne Abfahrt.«

Von Erholung war dabei allerdings keine Spur. Hubertus konnte X-Beine machen, wie er wollte: Sein Schneepflug brachte die rasante Fahrt einfach nicht mehr zum Bremsen. An einer scharfen Kurve spürte er die Fliehkräfte auf seinen beleibten Körper wirken. Klaus lachte schallend ob der famosen Bauchlandung und lud Hubertus anschließend zum Bauernvesper in einen urigen Gasthof ein.

Doch die deftigen Bratwürste und das Bier verlangsamten den anschließenden Langlaufschritt nur noch mehr.

Als Hummel sich endlich anschickte, die letzten Kilometer zu überwinden, erinnerte er sich eines berühmten Sportreporter-Ausspruchs: »Wo ist Behle?«, hatte Bruno Moravetz einst bei den Olympischen Spielen 1980 verzweifelt gefragt.

Wo ist eigentlich Riesle?, fragte sich nun Hubertus bei diesem sportlich weniger hochkarätigen Langlauf.

Klaus hatte ihn wieder mal abgehängt.

Nun dämmerte es bereits. Gerne hätte er noch einen Moment innegehalten, um das Abendrot über dem verschneiten, stillen Wald zu genießen. Da er aber offenbar der letzte Langläufer des Tages war, legte selbst er nun einen Zahn zu und schnaufte dabei wie das einstige Dampfross seines Vaters auf der Schwarzwaldbahn.

Er dachte noch mal an den roten Golf, der sie auf der Hinfahrt von der Straße abgedrängt hatte. War es wirklich nur ein Streich gewesen oder der Versuch, die Freizeitdetektive aus dem Weg zu räumen?

Als er bereits glaubte, zwischen den Tannenzweigen die Lichtung der Martinskapelle hindurchschimmern zu sehen, hörte er ein Rascheln. Dann ein Knirschen. Überholte ihn doch noch ein weiterer Läufer?

Hummel drehte sich um.

Doch da war kein Langläufer! Eine massige Gestalt trat hinter einer dicken Fichte hervor.

Hummel stockte der Atem. Er wollte flüchten, aber die Angst lähmte ihn.

Wie angewurzelt stand er in der Langlaufspur und starrte auf den Schatten, der nur noch wenige Meter von ihm entfernt war. Es war wie in einem bösen Traum.

Das Dämmerlicht schien auf das wutverzerrte Gesicht eines Mannes, das Hummel bekannt vorkam.

»Herr Dold?«, entfuhr es ihm. Aber Dold war doch neben der Silbermann-Orgel ermordet worden.

Hubertus ergriff panische Angst. Nun sah er schon Tote zwischen Tannen herumlaufen!

Er holte mit dem Bein zu einem kräftigen Langlauf-schritt aus, um endlich Fersengeld zu geben. Doch gerade als er sich mit beiden Stöcken abstieß, packte ihn die Gestalt an den Schultern und warf ihn zu Boden.

Hummel geriet in Todesangst. Der Mann, der aussah wie Dold, lag auf ihm. Riesige Hände legten sich um seinen Hals und drückten fest zu.

Hubertus japste nach Luft, stieß mit dem letzten Atemzug einen Hilfeschrei aus.

Mit seinen Händen umklammerte er krampfhaft die Arme des Mannes, um sie verzweifelt von sich wegzudrücken. Aber ihm fehlte die Kraft.

Dann wurde ihm wieder schwarz vor Augen.

Plötzlich schrie der Angreifer laut auf und ließ von ihm ab.

Hubertus blinzelte.

Klaus stand neben ihm.

In der linken Hand hielt er einen Skistock. Den anderen hatte er dem Mann so fest über den Schädel gehauen, dass der Stock zerbrochen war. Der Fremde richtete sich auf und schien zu zögern, ob er es mit Hummel und Riesle aufnehmen sollte.

Dann drehte er sich um und verschwand zwischen den Bäumen.

»Das war knapp. Alles okay?«, fragte Riesle schnaufend. »Zum Glück bin ich noch mal umgekehrt.«

»Wo ist Dold?«, wollte Hummel mit zitternder Stimme wissen.

»Dold? Dem geht's wie Moosmann. Der liegt vermutlich schon auf dem Friedhof.«

»Hast du ihn denn nicht erkannt?« Auch Hubertus hatte nun wieder ausreichend Atem geschöpft.

»Den Angreifer? Nein, es ist zu finster und ging alles viel zu schnell. Wieso denn Dold?«

Hummel stammelte zunächst nur Unzusammenhängendes.

Nachdem er sich einigermaßen beruhigt hatte, machten sie sich wortlos auf den Rückweg.

Mit kräftigen Schlägen klopfte Klaus seinem Freund auf den Rücken. Hummel musste immer wieder husten. Ob es an den Nachwirkungen des Würgegriffs lag oder am Schwarzwälder Kirschwasser, das ihm der Wirt des Gasthauses gereicht hatte, konnte er nicht so recht ausmachen.

»Hast du Kommissar Müller angerufen und erzählt, was passiert ist?«

Riesle nickte und kippte sein Kirschwasser ebenfalls herunter. »Ah, das tut gut! Ja, ich habe ihn erreicht. Er hat sich ziemlich wortkarg gegeben und nur gesagt: ›Aha, verstehe.‹ Dann hat er uns aufgefordert, möglichst schnell nach Hause zu fahren und morgen früh um zehn in sein Büro zu kommen.«

»Das ist alles?« Hummel war entsetzt.

»Sind die Polizisten unterwegs, um die Wälder um Martinskapelle, Rohrhardsberg und Brend zu durchkämmen? Hat er die Fahndung nach dem roten Golf veranlasst?«

»Das habe ich ihn auch gefragt. Aber er war wirklich sehr kurz angebunden.« Riesle zuckte mit den Schultern.

»Klaus, ich bin mir sicher, Dold erkannt zu haben!«

»Hubertus, du siehst Gespenster!«

Hummel winkte ab und schwieg. Wo war die Lösung in diesem seltsamen Fall? »Du hast vorhin den alten Herrn Moosmann erwähnt«, sagte er dann. »Die ganze Tennenbronn-Aktion war uns so peinlich, dass wir gar nicht nachgeprüft haben, ob es diese Moosmann-Quittung noch gibt. Vielleicht haben die einen Sohn, der mit der Sache zu tun hat.«

Kurz darauf fuhren sie in Richtung Unterkirnach: »Wir gehen morgen früh zu Müller, und dann kümmern wir uns um deinen vermeintlichen Dold und um potenzielle andere Verdächtige.«

»Am besten wäre es, wenn wir uns aus dem Fall ausklinken würden«, meinte Hummel erschöpft. »Autos, die einen abdrängen, Leute, die einen erwürgen wollen: Mir reicht's langsam!«

18. VORTEIL MÜLLER

Es war fünf vor zehn. Hubertus saß nach langer Zeit wieder einmal am Steuer seines Wagens. Dem Passat war es in den letzten Monaten wie seinem Besitzer gegangen: Er litt unter argen Stimmungsschwankungen.

Da Hummel für den Weg in die Schule seine Füße und für weitere Strecken Klaus hatte, war der Stammplatz des Wagens in der Garage gewesen. Er war heute aber immerhin schon beim sechsten Versuch angesprungen. Neben ihm saß Klaus Riesle, der kein angenehmer Beifahrer war. »Huby, schläfst du noch? Gib doch mal Gas!«

So oder ähnlich lauteten seine Kommentare im Minutentakt. Glücklicherweise ging die Fahrt nur drei Kilometer bis zur Polizeidirektion.

Das war auch dem dritten Mann recht. Edelbert Burgbacher saß auf der Rückbank, er hatte ebenfalls eine Vorladung von der Polizei bekommen. »Ich habe meinen Kulturbeutel mitgenommen«, erklärte er. »Wahrscheinlich buchten sie mich ja gleich ein.«

Gerade als sie vor sich schon die Polizeidirektion sahen, ertönte die »Kleine Nachtmusik«. Hummels Handy.

Burgbacher griff rasch von hinten nach dem in der Mittelkonsole liegenden Gerät. »Ja? Nein, hier ist Burgbacher! Elke?«

Der Wagen geriet ins Schlingern, Hubertus verlor beinahe die Kontrolle.

Doch Burgbacher ließ sich nicht beirren. »Nein, leider – auch wenn es dringend ist, Elke. Hubertus ruft dich nachher zurück. Ich werde jetzt nämlich erst mal wegen Mordes eingelocht! Tschüs!«

»Spinnst du?« Hubertus ärgerte sich, ließ sich aber schließlich überzeugen, dass der Rückruf noch etwas auf sich warten lassen musste.

Es war eine Minute vor zehn.

Vor dem Polizeirevier waren einige Autos geparkt. Als Hubertus, Klaus und Edelbert schließlich mit Verspätung die Stufen zu Müllers Büro hochgekeucht waren, wussten sie auch, warum. Eine illustre Runde befand sich in dem kleinen Büro mit den neuen Computern.

In einer Ecke stand eine Klapptafel mit einem Organigramm der mittlerweile zusammengelegten Sonderkommissionen »Schwarzwaldbahn« und »Silbermann«.

Hubertus erspähte beim Rundblick Dr. Benzing von der Bären-Brauerei, sein Pendant Dr. Limberger von Edelmann nebst Pressesprecher Holger Baumann. Vertrat der mittlerweile Dold als Sekretär, oder war auch er tatverdächtig?

In der anderen Ecke des Raumes saß Uvax-Prokurist Prokopp auf einem Stuhl.

Neben ihm thronte eine Dame, offenbar Frau Schuster-Benzing. Ihr Gatte hatte einen Stuhl weiter Platz genommen und schaute finster in Richtung der neu Hinzugekommenen.

Komplettiert wurde die Runde durch die Witwe des ersten Mordopfers, Hannelore Schlenker, sowie Kriminalhauptkommissar Winterhalter, der vom Gang noch drei weitere Stühle für die Neuankömmlinge heranschleppte.

Kurz darauf trat Hauptkommissar Müller ein. Er schien bester Laune.

»Meine Damen und Herren!«, setzte er an. »Vielen Dank, dass Sie sich die Mühe gemacht haben, heute Morgen hier zu erscheinen. Sie alle waren tatverdächtig ...«

»Wieso waren?«, unterbrach Riesle.

»Das ist keine Pressekonferenz, Herr Riesle«, tadelte ihn Müller. »Lassen Sie mich bitte ausreden.«

Er blickte Edelbert an. »Herr Burgbacher, Sie lieben Ihr Theater und waren wütend, dass es keine Zuschüsse mehr gab. Ein gutes Motiv. Haben Sie mittlerweile ein Alibi für den Abend des zweiten Weihnachtsfeiertages? Für den Mord in der Kirche?«

Burgbacher schüttelte den Kopf.

Hubertus stupste ihn an: »Verdammt, Edelbert!«

Doch der konnte unglaublich stur sein. Er erhob sich und stellte sich in Pose. »Ich habe diesen Dold abgemurkst. Und alle anderen auch! Das wollen Sie doch hören, oder? Bevor Sie mich foltern, kriegen Sie Ihr Geständnis eben so!«

Er schaute Hauptkommissar Müller fordernd an.

In der Runde machte sich Unruhe breit, bei Hubertus und Klaus überwog das Entsetzen.

»War das ein ehrliches Geständnis?«, fragte Müller sachlich.

»Nein, das war der Aufschrei eines verfolgten und gepeinigten Mannes!«, rief Edelbert, der an diesem für ihn frühen Morgen in Hochform war.

»Äh, kommen wir zunächst einmal zu Ihnen«, fuhr der leicht irritierte Müller fort und wandte sich an Witwe Schlenker.

»›Cherchez la femme‹, wie man so schön sagt. Wir hatten auch Sie zunächst in Verdacht, benötigen Sie heute aber als Zeugin.« Frau Schlenker nickte.

Hubertus überlegte. Als Zeugin? Gegen wen?

Gegen Edelbert ja wohl kaum.

»Sie«, wandte sich der Kommissar an Benzing. »Sie hätten ein eindeutiges Interesse gehabt, Herrn Dr. Schlenker umbringen zu lassen. Sie wollten die Brauerei loswerden und hatten nun ohne Kompagnon eine gute Gelegenheit dazu.«

»Herr Kommissar …«, setzte Benzing an, doch Müller ließ sich nicht bremsen. Er fühlte sich wie Hercule Poirot.

»Und Sie«, sein Finger fuhr herum und deutete auf Frau Schuster-Benzing, »Sie brauchten dringend Geld für die Sanierung Ihrer gemeinsamen Firma Uvax. Somit waren auch Sie an einem Verkauf der Bären-Brauerei interessiert. Dr. Schlenker stand Ihnen im Weg. Vielleicht haben Sie ja gemeinsame Sache mit Ihrem Mann gemacht …«

Hauptkommissar Müller wanderte weiter im Raum umher und ging nun auf Prokurist Prokopp zu.

Der hagere Mann blickte etwas erschrocken.

»Sie hatten ein ähnliches Interesse. Wie wir außerdem erfahren haben, hatten Sie noch eine alte Rechnung mit den Schlenkers offen. Sie waren vor vielen Jahren bei der Bären-Brauerei beschäftigt und sind im Streit gegangen. Auch das machte Sie nicht gerade unverdächtig.«

Prokopp senkte den Kopf.

»Und was ist mit dem zweiten Mord?«, unterbrach Riesle wieder und fing sich einen missbilligenden Blick ein. Immerhin ging Müller diesmal auf seinen Einwand ein.

»Ein Vertuschungsmord. Und zwar an Ihrem Sekretär

Dold«, wandte er sich nun an Dr. Limberger. »Sie wollten die Bären-Brauerei, und dabei war Ihnen Dr. Schlenker im Weg. Ein kristallklares Motiv, oder?«

»Das ist absurd!«, meldete sich Limberger erstmals zu Wort. »Wollen Sie unserem renommierten Unternehmen unterstellen, einen Mörder beauftragt zu haben?«

»Das wäre doch möglich, Herr Dr. Limberger«, antwortete Müller und schaute erst ihn, dann Holger Baumann durchdringend an. »Den ersten Mord begeht Ihr Sekretär, dafür gibt es doch zwei mittelmäßig begabte Hobbydetektive als Zeugen.«

Hubertus und Klaus blickten sich verdutzt an.

»Und ein anderer Mitarbeiter bringt dann den zu einem Sicherheitsrisiko gewordenen ersten Täter um ...«

Limberger stand auf. »Das muss sich unsere Brauerei nicht anhören ...«

Kriminalhauptkommissar Winterhalter machte Anstalten, Limberger am Verlassen des Raums zu hindern. »Wartet Se mol!«

»Bleiben Sie!«, beschwichtigte auch Müller den Vorstandsvorsitzenden. »Ich erkläre Ihnen nur, wie wir vorgegangen sind.« Er genoss es, die Sache spannend zu machen.

»Herr Burgbacher, immer noch keine Aussage von Ihnen zum Abend des zweiten Weihnachtsfeiertages?«

Burgbacher schüttelte den Kopf.

Hubertus wurde fast schwindelig. Alle waren irgendwie verdächtig.

Alle? Ja.

»Schließlich«, fuhr Müller fort, »haben wir die Herren Riesle und Hummel. An jedem Tatort – immer auf kriminalistischer Ballhöhe. Auch irgendwie verdächtig, oder?«

Riesle kaute auf seiner Unterlippe.

»Vielleicht haben Sie beide ja die Morde begangen – eventuell mit Ihrem theatralischen und bezüglich des Alibis doch so schweigsamen Begleiter? Denn: Wir haben am Tatort neben der Silbermann-Orgel Teile einer Spendenquittung gefunden. Was bedeutet das? Vielleicht war das ja nur eine Täuschung, denn eigentlich haben nicht wir das Papier gefunden, sondern Herr Hummel hat es uns gegeben. Eine Fälschung? Auf der Quittung befanden sich insgesamt fünf verschiedene Fingerabdrücke – natürlich auch die von Herrn Hummel.«

Hummel überlegte, ob er um einen Anwalt bitten sollte.

Dieser Müller war heute ganz schön in Fahrt. Ihm würde er glatt zutrauen, Klaus und ihn kurzerhand festzunehmen.

Oder hatte er schon die gleiche Paranoia wie Burgbacher?

Hubertus dachte nach. Wie viele Anwälte kannte er eigentlich?

Etwas näher nur einen: Dr. Bröse, den temporären Liebhaber seiner Frau. Dem eilte zwar ein fachlich guter Ruf voraus, aber den würde er nicht beauftragen. Niemals! Lieber sich selbst verteidigen.

Aber was überlegte er da eigentlich? Er musste möglichst bald Elke anrufen. Was sie vorher auf dem Handy wohl gewollt haben könnte?

»Herr Hummel, Herr Riesle«, sagte nun Müller. »Um der Wahrheit die Ehre zu geben: Sie sind keine wirklichen Kriminalisten und oftmals lästig.« Er machte eine Pause. »Aber Sie sind auch keine Mörder.«

»Ich auch nicht!«, empörte sich Burgbacher lautstark.

»Sie sind ein komplizierter Mensch, und mich würde interessieren, weshalb Sie nicht sagen wollen, wo Sie am Abend des zweiten Mordes waren«, wandte sich Müller ihm zu. »Aber nein, auch Sie sind nicht der Mörder.«

Müller wirkte überaus selbstsicher. Er schien mit den Anwesenden zu spielen. Ziemlich sicher hatte er die Lösung schon parat.

Sein Kollege Winterhalter hielt sich dafür völlig zurück. Man sah ihm an, dass er die Inszenierung für etwas überkandidelt hielt. Als echter Schwarzwälder war er mehr dafür, die Dinge geradeheraus zu benennen, statt sich selbst in den Mittelpunkt zu stellen. Aber außer einem weiteren Grummeln kam von ihm nichts.

»Sie alle hier sind nicht die Mörder von Herrn Dr. Schlenker und Herrn Dold«, präzisierte Hauptkommissar Müller.

Dem einen oder anderen war die Erleichterung anzusehen, obgleich doch alle wissen mussten, dass sie unschuldig waren.

Seltsam.

»Die Polizei hat in diesem Fall vorzüglich gearbeitet«, lobte sich Müller selbst.

»Also nit nur Sie persönlich?«, merkte Winterhalter halblaut und mit etwas Sarkasmus an.

Müller ignorierte ihn. »Unsere Sokos hatten das Ziel, die Morde noch vor dem Jahreswechsel zu klären. Das ist uns gelungen. Wir haben nicht nur die Morde aufgeklärt, sondern auch den Mörder gefasst.« Er griff zum Telefonhörer.

»Hauptmeister Becherer, bitte.«

Hubertus kapierte überhaupt nichts mehr. Er rekapitulierte alle verdächtigen Personen. Nur einer blieb noch übrig: Moosmann!

Der Sohn von Frau Moosmann aus Tennenbronn musste der Täter sein – mit welchem Motiv auch immer.

War er nicht, wie er gleich darauf erkannte, denn Becherer trat mit einem anderen Mann durch die Tür, der mit Handschellen gefesselt war und einen Kopfverband trug. Ein Mann, der Hubertus und Klaus fast zu Tode erschreckte.

Dold!

Hubertus hatte sich offenbar am gestrigen Abend nicht getäuscht. Groß, massige Gestalt, überaus spitze Nase. Dold!

Unter der Edelmann-Delegation machte sich ebenfalls Unruhe breit.

Müller ging auf den Mann zu: »Das ist Herr Dold! Nein, Herr Dr. Limberger, nicht Ihr Mitarbeiter. Das ist Helmut Dold, der Zwillingsbruder des zweiten Opfers.«

Hubertus rang nach Luft.

»Wir verdanken diese Erkenntnis Herrn Dr. Benzing und Frau Schlenker, die in ihrer Firma recherchiert haben, wer unter den aktuellen und entlassenen Mitarbeitern auffällig war. Helmut Dold war lange Jahre Bierbrauer bei der Bären-Brauerei – wie übrigens bereits Vater und Großvater Dold. Im Gegensatz zu diesen verfiel er allerdings dem Alkohol, wurde immer unzuverlässiger und schließlich zum Lagerarbeiter degradiert. Das hat Herr Dr. Benzing den Akten entnommen, und so kamen wir Herrn Dold auf die Spur. Bei seinem Verhör vergangene Nacht hat Dold gestanden, dass er am Tag vor dem ersten Mord abends von Dr. Schlenker in der Brauerei überrascht wurde. Dold hatte versucht, eine Kasse aufzubrechen. Was dann folgen würde, war ihm klar: Dr. Schlenker würde ihn entlassen und ihn anzeigen – und das sagte Schlenker ihm wohl auch.«

Müller betrachtete nachdenklich das Foto des Landesvaters über seinem Schreibtisch.

»Zur ersten Tat«, fuhr er fort. »Helmut Dold war der Meinung, er müsse wegen seiner drohenden Entlassung handeln. Außerdem hoffte er, dass sich mit dem Aufkauf der Bären-Brauerei durch Edelmann auch für ihn neue Chancen ergeben würden – eventuell mithilfe seines Bruders. Und diesem Aufkauf stand Dr. Schlenker ja bekanntlich im Weg. Er lauerte ihm also tags darauf am Offenburger Bahnhof auf, weil er wegen des Gewinnspiels beim Brauereifest wusste, dass Schlenker an diesem Tag mit dem Zug aus Frankfurt kommen würde. Dold stieg ebenfalls in die Schwarzwaldbahn ein und wartete in der Nähe von Schlenkers Abteil auf dem Gang, bis sich eine passende Gelegenheit bot. Er kalkulierte wohl, dass Schlenker irgendwann entweder zur Toilette müsste oder mit seinem Handy draußen ein Telefongespräch führen würde.«

Nun ergriff Winterhalter das Wort: »Nachdem er Dr. Schlenker ermordet hät und de Herr Riesle die Notbremse 'zoge hät, isch er beim Kirnacher Bahnhöfle aus 'em Zug g'sprunge und z'rück nach Villinge g'laufe.«

»Und der zweite Mord?«, fragte Klaus.

»Warten Sie ab, Herr Riesle«, sagte Müller schnell, der über die Einmischung seines Kollegen nicht glücklich zu sein schien. »Dr. Limbergers Sekretär Rüdiger Dold war spätestens nach der Begegnung mit Herrn Hummel beim Skispringen klar, dass der Täter ihm zum Verwechseln ähnlich sah. Ergo: Es musste sein Bruder sein, sein Zwillingsbruder. Herr Dold deckte seinen Bruder zunächst und versuchte, sich mit ihm zu treffen. Er wollte ihn davon überzeugen, sich der Polizei zu stellen. Wahrscheinlich fürchtete er auch, dass bei Veröffentlichung des Phantombildes für ihn selbst und die Edelmann-Brauerei Probleme entstehen könnten.«

Kriminalhauptkommissar Müller wandte sich nun an Helmut Dold: »Sie haben sich mit Ihrem Bruder am Lehrerparkplatz Ihrer ehemaligen Schule getroffen, um alles zu bereden. Irgendwann jedoch tauchte der Hausmeister auf, Herr Kaiser. Sie zogen sich in die offen stehende Benediktinerkirche zurück. Auf der Empore konnten Sie ungestört reden.«

Er ging einen Schritt auf den unrasierten, zerzaust wirkenden Mann zu. »Und dann haben Sie Ihren eigenen Zwillingsbruder ermordet!«

»Ich habe ihn nicht ermordet! Er war immer der Fleißige, der Korrekte, der, auf den Vater stolz war. Immer! Jahrelang hat er auf mich herabgeschaut. Und dann trifft er sich mit mir – an einem neutralen Ort, damit niemand ihn und seinen verkommenen Bruder zusammen sieht«, sprudelte es aus ihm heraus.

»Des Thema war jo au ziemlich heikel«, fuhr nun wieder Winterhalter fort. »Jedenfalls habet Sie ihn dann getötet.«

»Ich wollte ihn nicht umbringen! Er hat mir gesagt, für so einen wie mich könne er nichts tun bei Edelmann. Und dann meinte er noch, ich sei so uneinsichtig, und er werde jetzt zur Polizei gehen. Mein eigener Bruder! Da bin ich durchgedreht!«

Dold kämpfte mit den Tränen.

»Sie haben ihn mit voller Wucht gegen die Orgel gestoßen. Und danach sind Sie durch die Tür zu Ihrer alten Schule verschwunden«, sprach Müller weiter.

Dold nickte langsam. Er hatte sich wieder einigermaßen im Griff. »Als plötzlich die Kirchentür unten abgeschlossen wurde, habe ich mich an den Durchgang zur Realschule erinnert.«

Müller nickte. »Und so waren Sie noch vier Tage lang auf freiem Fuß, in denen Sie zwei Mordversuche begangen haben. Da Sie nach dem Gespräch mit Ihrem Bruder wussten, dass man dem Mörder auf der Spur war und es möglicherweise bald ein Phantombild geben würde, haben Sie sich verschanzt – und zwar in Schlenkers Jagdhütte in Oberkirnach. Diese war unter der Belegschaft der Brauerei bekannt. Frau Schlenkers Hinweis ist es zu verdanken, dass wir Sie dort aufgespürt haben.«

Der Kommissar redete weiter auf Dold ein. Immer schneller. Vermutlich nicht nur, damit das Geständnis umfassend und lückenlos würde, sondern auch, um zu verhindern, dass Kollege Winterhalter sich noch einmal zu Wort meldete. Immerhin gebührte ja wohl ihm, Müller, der Großteil der Meriten.

»Sie wollten zwei Zeugen von der Straße abdrängen und einen von ihnen später auf der Loipe der Martinskapelle umbringen: Herrn Hummel und Herrn Riesle.«

»Ich wollte Ihnen nur einen Schrecken einjagen«, sagte Dold leise.

Hubertus ächzte empört.

»Das glaube ich kaum, Herr Dold«, sagte Müller. »Aber ehrlich gesagt fällt das bei all den anderen Straftaten gar nicht mehr ins Gewicht.«

»Wieso wollten Sie uns an den Kragen?«, fragte Klaus den Täter nun direkt.

»Mein Bruder hat mir in der Benediktinerkirche erzählt, dass Sie Zeugen des Mordes und außerdem sehr neugierig seien. Ich habe herausgefunden, wo Sie wohnen, und Sie dann beschattet. Ich musste natürlich abwarten, bis Sie gemeinsam unterwegs waren.«

»Und auf der Loipe wollten Sie erst Hubertus töten und dann vermutlich mich gleich hinterher«, murmelte Klaus. »Aber mit uns beiden gleichzeitig wollten Sie es dann doch nicht aufnehmen ...«

Müller machte Anstalten, ein Schlusswort zu sprechen, doch Hubertus meldete sich zu Wort: »Halt! Und der Zettel mit der Buchstabenfolge ED? Dolds Name beginnt doch gar nicht mit ED!«

Jetzt, da Müller seinen Triumph auskostete, ließ er sogar Zwischenfragen zu.

»Stimmt, Herr Detektiv, der Zettel gehörte aber auch nicht dem Täter, wie Sie vermutet haben, sondern dem Opfer. Und dieses Opfer war für die Edelmann-Brauerei unterwegs – ED.«

Dold schaltete sich nun doch wieder ein. »Rüdiger hat mir die Spendenquittung gezeigt, die er zuvor in seiner Hosentasche gefunden hatte. ›Für solche Summen bin ich verantwortlich‹, hat er geprahlt. ›Du könntest das nicht. Du würdest solche Beträge gleich versaufen.‹ Da bin ich durchgedreht. Ich habe ihm das Papier weggeschnappt und gesagt: ›Da siehst du, was ich mit dem Fetzen mache!‹ Dann habe ich ihn zerrissen. Rüdiger hat sich wie ein Wilder auf mich gestürzt.« Er schüttelte wieder den Kopf. »Mein eigener Bruder wollte mich verpfeifen –

und dann greift er mich noch an. Das war Notwehr, eindeutig.«

Jetzt war Riesle noch an der Reihe: »Aber Hubertus hat ja nur einen Teil der Spendenquittung mit dem ›ED‹ gefunden. Den anderen Teil hatte der Täter, oder?«

»Als Helmut Dold die Quittung zerrissen hat, muss der zweite Teil über die Empore in den Kirchenraum getrudelt sein. Dort jedenfalls hat inzwischen ein Besucher das fehlende Fragment unter einer Kirchenbank gefunden und uns gestern zukommen lassen. Unsere Spurensicherung war offenbar nur im Bereich um die Orgel gründlich genug«, sagte der Kommissar.

Das mit der Spurensicherung konnte man als Seitenhieb auf Winterhalter verstehen, dem diese ja oblag. Doch der gemütliche Schwarzwälder verzog keine Miene.

Müller beendete nun das Treffen. »Danke noch mal, meine Damen und Herren. Sie sehen, Sie können sich auf die Polizei verlassen.«

Er wandte sich an Riesle: »Heute um fünfzehn Uhr findet eine Pressekonferenz zur Klärung der Fälle statt. Da werden wir uns ja wohl wiedersehen.«

»Könnten Sie die nicht auf morgen verschieben?«, fragte Riesle.

Müller lächelte ironisch. »Damit Sie in der morgigen Ausgabe exklusiv über die Aufklärung der Morde berichten? Nein! Außerdem ist morgen Silvester, und …«

Plötzlich ertönte die »Kleine Nachtmusik«. Hubertus wurde rot, griff rasch zum Handy und sah auf dem Display, dass es Elke war. Schon wieder?

»Ja?«, sagte er leise und ging vor die Tür.

»Hubertus, mir ist etwas Wichtiges eingefallen«, sagte

Elke. »Wir haben neulich nachts bei mir doch auch über den Mord an diesem Dold gesprochen. Das sind Zwillinge. Meine Schwester war nämlich mit denen in einer Klasse – die waren beide auf der Realschule. Vielleicht solltet ihr mal den Zwillingsbruder befragen!«

»Ja«, sagte Hubertus matt. »Danke, Elke.«

19. NEUJAHRSKONZERT

Schwungvollen Schrittes und mit wehendem Haar bestieg der Mann im eleganten Frack das Podium. Noch bevor er sich verbeugte, klatschte das Publikum des bis zum Bersten gefüllten Franziskaner-Konzerthauses Beifall.

Der Dirigent hob den Taktstock, das Publikum verstummte binnen Sekunden, und die Musiker des doppelstädtischen Sinfonieorchesters legten los mit einem Wiener Walzer, einem Auszug aus der »Fledermaus« von Johann Strauss.

Für viele war das Neujahrskonzert eine liebe Gewohnheit.

Der zum Konzerthaus umgebaute Kirchenraum des ehemaligen Franziskanerklosters hatte eine großartige Akustik. Beinahe tausend Musikfreunde fanden hier Platz. Ein Anzug war quasi Pflicht – man startete elegant ins neue Jahr.

In der Pause füllte sich das Café im Museumsfoyer, die Schlangen an den Sektständen wurden länger. Dort standen auch Hubertus Hummel, Klaus Riesle und Edelbert Burgbacher in Begleitung dreier Damen. Hubertus unterhielt sich angeregt mit Klaus und dessen Freundin Kerstin, hielt aber gleichzeitig Händchen – mit Elke!

Nur seiner Frau zuliebe hatte es Hubertus geschafft, sich rechtzeitig vom Fernseher aufzuraffen, wo das Neujahrsskispringen aus Garmisch-Partenkirchen übertragen wurde.

Burgbacher war streng genommen ohne weibliche Begleitung, erzählte aber gerade Hubertus' Tochter Martina ausdrucksstark von seiner mehrtägigen Befürchtung, sein Leben lang für einen Mord, den er nicht begangen hatte, eingesperrt zu werden.

»Es hätte nicht viel gefehlt, und es hätte keine Burgbacher-Inszenierungen mehr im Zähringer-Theater gegeben«, rief er pathetisch.

»Das ist die Ungnade der frühen Geburt«, sagte Riesle gerade, der bei einem anderen Thema war. »Wenn ich ein paar Jahre jünger wäre, hätte ich die Zwillingsbrüder Dold wahrscheinlich gekannt, und wir hätten uns einigen Stress ersparen können. Aber so waren die halt nicht einmal annähernd in meiner Klassenstufe. Und dieser Kommissar Müller konnte den Fall klären. Die Runde geht an ihn. Und wie er seinen Triumph ausgekostet hat. Selbst dem Winterhalter war das zu viel ...«

»Mir ist das schon unangenehm, dass der nette Herr Prokopp verdächtigt wurde«, wandte sich Kerstin an ihn.

Riesle winkte ab. Er hatte noch auf dem Polizeirevier mit Prokopp gesprochen, sich entschuldigt und sich von ihm versichern lassen, dass der Prokurist sich nicht beim Kurier über ihn wegen seines Auftrittes bei der Uvax beschweren würde.

»Übrigens«, mischte sich Hummel ein, »wer hatte denn tatsächlich recht? Der Mörder sah doch genau so aus, wie ich ihn damals auf dem Polizeirevier beschrieben habe, oder?«

»Ach was!«, ertönte die laute Stimme Burgbachers, der

das gehört hatte. Er machte Anstalten, die Diskussion aus der Nacht des Zugmordes wieder aufzunehmen, wurde jedoch von Klaus unterbrochen: »Wo warst du denn jetzt eigentlich am Abend des zweiten Mordes?«, wollte er von Burgbacher wissen.

»Das geht dich nichts an. Nichts!«, rief dieser.

»Bitte, Edelbert!«, sagte Kerstin und schaute kokett zu ihm hinüber.

»Edelbertchen«, fiel jetzt auch Elke ein, doch vergeblich.

»Ja, so was, de Herr Regisseur!«, unterbrach sie eine kreischende Stimme, die zu einer älteren, ziemlich überdrehten Dame gehörte. Sie mochte fünfundsechzig sein, trug ein längeres schwarzes Kleid und war stark geschminkt. »Ich möcht Ihne noch emol danke.«

Sie küsste den unangenehm berührten Burgbacher auf die Wangen.

»Wofür denn?«, fragte Hummel misstrauisch.

»Des isch en tolle Ma'. De Herr Impresario hät doch d' Regie bi iserem Schwank vu de Landfrauevereinigung g'führt«, strahlte die Dame. »›De g'hörnte Ehema‹ hät des Stück g'heiße. Sie, des war vielleicht en Erfolg. Und de Herr Impresario war jeden Zent wert. Dazu war er noch so bescheide und wollt überhaupt net erwähnt werde. Fascht verkroche hat er sich hinter de Bühn.«

Hubertus schwankte zwischen Erstaunen und Schmunzeln.

Burgbacher, der Verfechter von Hochkultur, der auf alles Bürgerliche herabsah und stundenlang über amateurhafte Darsteller – »Dilettanten, alles Dilettanten« – lästern konnte …

Ihm schwante etwas.

»Wann war denn die Aufführung?«, fragte er die ältere Dame.

»Ha, am zweite Weihnachtsfeiertag in Riete«, gab diese bereitwillig Auskunft.

Das Geheimnis war ausgeplaudert: ein Dorfschwank, ein Dialektstück im doppelstädtischen Teilort Rietheim.

Burgbacher war anzusehen, dass er die Dame am liebsten erwürgt hätte, doch er beherrschte sich. Das schallende Gelächter der anderen war so laut, dass sie das erste Klingeln nicht hörten, das zur Rückkehr in den Konzertsaal mahnte.

»Grüß Gott, Herr Dekan!« Die Dame hatte schon den nächsten Bekannten erspäht.

Dieser wünschte ein gutes neues Jahr und wandte sich dann an Hubertus. »Schrecklich, diese Morde, nicht wahr, Herr Hummel?«

Hubertus nickte.

»Aber auch das finden wir schon in der Bibel! Kain und Abel – ein Bruder erschlägt den anderen.« Der Dekan nickte bedächtig. »Die Bibel ist lebensnäher, als viele denken.«

Er blickte prüfend in die Runde.

»Wissen Sie auch«, fuhr er dann in Richtung Hummel fort, »dass es die Bären-Brauerei weiterhin geben wird? Das hat mir Herr Dr. Benzing vorhin gerade berichtet. Der ist nämlich auch hier im Konzert.«

Hubertus war verblüfft. »Also kein Verkauf?«

Der Dekan bestätigte: »Kein Verkauf. Er hat sich's anders überlegt. Ich glaube, die Witwe des armen Dr. Schlenker hat ihn überzeugt.«

Es klingelte zum zweiten Mal, doch Kerstin und Elke plauderten so angeregt miteinander, dass Hubertus jetzt nicht unterbrechen wollte.

Es war wichtig, dass Elke sich nicht nur mit ihm, sondern auch mit seinem Umfeld verstand. Und das war bei Kerstin offenbar der Fall.

»Ich freue mich so, dass ihr beide wieder zusammen seid«, sagte Kerstin gerade.

Elke nickte und meinte: »Ich fühle mich auch wieder mehr im Reinen mit mir.«

Diesmal verzog Hubertus angesichts von Elkes Ausflügen in die Esoterik keine Miene.

»Und stell dir vor, Kerstin«, fuhr Elke fort. »Seit Weihnachten habe ich jeden Tag Blumen von ihm bekommen. Auch das ist ein Zeichen, dass er seine Gefühle jetzt zeigen kann.«

Jetzt verzog Hubertus eine Miene. Und zwar mehr als eine.

»Moment!«, rief er. »Blumen? Aber nicht von mir!«

Seine Eifersucht regte sich wieder.

Stadtrat Schulz?

Oder Dr. Bröse?

Oder …

Gerade als er wieder richtig loslegen wollte, schaltete sich Martina ein. »Reg dich nicht auf, Papi. Ich war das!«

»Was? Aber … aber warum?«

Martina grinste, während es zum dritten Mal klingelte.

»Ach, Papi«, seufzte sie, um erst Elke und dann ihn anzuschauen. »Ohne mich hättet ihr es doch sowieso nicht hinbekommen!«